MANHATTAN – *Unexpected*

Über Lebens-Geschichten

von

Christine Grau

Umschlag und Fotos: Christine Grau
Zeichnungen: Robin Grau
ISBN Hardcover 978-3-384-33036-9

Druck und Distribution im Auftrag der Autorin:
tredition GmbH, Heinz-Beusen-Stieg 5, 22926 Ahrensburg, Deutschland

Umzüge

Als wir 2009/2010 an den Bodensee gezogen sind, es war mein 20. Umzug in fast 60 Jahren, habe ich angefangen, kurze Texte über meine Erlebnisse und über meine immer wieder kehrenden Neuanfänge zu schreiben. In Dörfern, Kleinstädten, Millionenstädten, im In- und auch im Ausland. Nach unserem 24. Umzug 2018 nach Queens, New York, sortierte ich mein bisher Geschriebenes chronologisch zu: **»Die Straßen meines Lebens«.**

Inhalt:

Prolog - Entscheidungen

September 1997. Wir leben in einem ruhigen, grünen Vorort von Amsterdam. Als Uli mich von einer Geschäftsreise aus anruft: »Chris, setz dich, wir müssen reden«, meldet sich sofort mein Bauchgefühl.

Ich, die Mutter von Catherine, Jennifer und Robin, ahne, dass ich eine Entscheidung treffen muss.
Meine Intuition teilt mir mit, dass unsere Kinder die Schule wechseln und wir Amsterdam verlassen müssen. Bald wird ein Möbelwagen vor unserer Tür stehen und wir werden wieder einmal umziehen. Das bricht mir mein Herz.

Steckt in jedem von uns ein Gespür, das uns etwas signalisieren will, bevor wir Entscheidungen treffen? Und wenn wir uns von dieser unterbewussten Ahnung leiten lassen, führt sie uns in eine Richtung, die für uns die richtige ist?

Setzt bei einer schnellen Entscheidung zuerst unsere Intuition ein? Nehmen wir das ernst? Lassen wir uns von unserem Bauchgefühl leiten? Richtig? Falsch?

Oder handeln wir nur mit unserem Verstand, der im Laufe der Jahre durch unsere Lebenserfahrungen geprägt wurde?

Ich entscheide mich und lasse ganz bewusst meinen Verstand gewinnen, denn meine Vernunft beruhigt mein besorgtes Bauchgefühl.

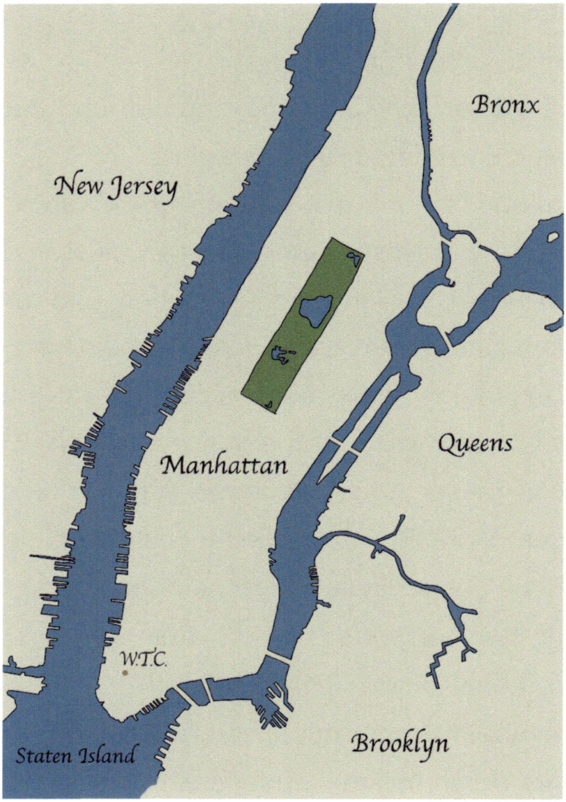
Bronx
New Jersey
Queens
Manhattan
W.T.C.
Staten Island
Brooklyn

Auf den Straßen von Manhattan

Für uns beginnt ein neuer Lebensabschnitt. In dem neu erbauten Hochhaus, in der 150 East 57th Street, wird für uns ein two-bedroom-Apartment und ein one-bedroom-Apartment zu einer Wohnung verbunden. Wände werden herausgerissen, neue Türen eingebaut und das dauert. Ein bezugsfertiges Zuhause wartet nicht auf uns, als wir im Juli 1998 in Manhattan ankommen. Die Handwerker arbeiten in allen dreißig Stockwerken. Chaos herrscht in jeder Etage.

Nach den Strapazen des Umzugs hatten wir gehofft, unseren Jetlag in den eigenen vier Wänden auskurieren zu können. Wir sind nicht nur müde, sondern auch enttäuscht.

Die Spedition lagert unsere Möbel in ein storage warehouse ein und wir fünf quartieren uns in ein Hotelapartment ein.

Manhattan vibriert in der Hitze. Die Luft ist feucht-schwül. Die Straßen dampfen. Auch Spaziergänge im Central Park bringen keine Erleichterung. Wollen wir die Nachbarschaft erkunden, hüpfen wir von Geschäft zu Geschäft und erholen uns von den hohen Temperaturen in den kühlen Räumen.

Und dann erhalten wir die Nachricht: Erst in vier Wochen wird die Wohnung fertig sein. Ich genehmige Fernsehnachmittage für die Kinder, doch von dem Mief des klimatisierten Hotelzimmers brauchen wir ab und zu eine Auszeit. Im Central Park schnappen wir frische Luft, heben bei der Bank Geld ab und kehren anschließend in einem Café ein.

Catherine, Jennifer, Robin und ich stürmen an einen Tisch direkt am Fenster, um das Treiben auf der Straße verfolgen zu können. Das Café ist bis auf wenige Gäste leer. Wir bestellen ein paar Getränke, eine Kleinigkeit zum Essen und dann widmen wir uns dem regen Straßenleben, das wir neugierig durch das Restaurantfenster beobachten.

Die linke Straßenseite wird abgesperrt, Polizisten winken, Fußgänger springen zur Seite, ein Abschleppwagen fährt vor das Café, denn hier parken Autos auch da, wo Parkverbot gilt.

Wir vier starren aus dem Fenster und verfolgen gespannt den Vorgang des Abschleppens. Dass sich hinter uns ein neuer Gast an den Tisch neben uns drängt, nehmen wir nur unterbewusst wahr. Ich rücke meinen Stuhl näher an unseren Tisch heran. Dann vergesse ich das Stühlerücken und nehme wieder neugierig an dem turbulenten Geschehen am Straßenrand teil. Polizisten schreiben Strafzettel.

Ein Auto nach dem anderen zieht der tow away truck auf seine Ladefläche, bis die Straßenseite vor dem Café frei ist. Kaum rauscht der Abschleppwagen mit seiner Fracht davon, parken sofort drei andere Autos in die frei gewordene Fläche ein. Wie lange die wohl hier stehen können, bevor sie abgeschleppt werden?

Die Bedienung spricht uns an: »Wissen Sie, wo der Mann hinter Ihnen abgeblieben ist? Er hat doch einen Tee bestellt.« Das wissen wir nicht. Wir waren so sehr abgelenkt, dass wir den Gast neben uns nicht beachtet hatten. Sie schimpft und schimpft und nimmt den Tee wieder mit hinter die Theke. Seltsam, denke ich, der Mann haut einfach ab. Hatte er es eilig, um sein Auto vor dem Abschleppwagen zu retten?

Ich greife nach meiner Tasche, die über der Stuhllehne hängt, rufe: »Zahlen, bitte«, und stelle fest, dass der Verschluss weit geöffnet ist. Seltsam! Sofort suche ich im Innenfach nach meinem Geldbeutel. Mein Bauchgefühl signalisiert Schreckliches. Doch der Geldbeutel ist noch da, stelle ich erleichtert fest. Allerdings steckt er auch offen in der Tasche. Das ist mir noch nie passiert. Ich schaue hinein. Mein Herz setzt einen Herzschlag aus. Das Geld ist weg. Ich durchsuche den Inhalt der Tasche, kehre das Innerste nach außen, das Geld ist nicht auffindbar. Ratlos frage ich die Kinder:

»Die dreihundert Dollar, die ich bei der Bank abgehoben habe, sind verschwunden, wie ist das möglich?«

»Mama, kann es sein, dass der Mann, der hinter dir saß, die Tasche vorsichtig geöffnet hat und die Geldscheine geklaut hat?« Wir haben es nicht gesehen, aber so könnte es gewesen sein.

Ich bin wütend auf den Dieb und auch auf mich. Unglaublich! Wie konnte ich nur so unvorsichtig sein? Kaum bin ich ein paar Tage in einer Großstadt, wird mein Geld gestohlen. Vor Taschendieben in Manhattan wurden wir doch gewarnt.

Zum Glück entdecke ich, dass der Langfinger ganz geschickt nur die Scheine herausgefischt hat. Die Kreditkarte steckt im Seitenfach. Dafür bin ihm jetzt sogar dankbar, denn ich kann mit meiner Karte unser Essen und Trinken bezahlen.

Ein zweites Mal wird mir das nicht passieren, nehme ich mir fest vor. Seitdem legen meine Töchter und ich unsere Taschen immer auf dem Schoss ab oder hängen sie mit dem Träger über die Knie. Wir leben jetzt mitten in Manhattan und müssen die Stadt vorsichtiger entdecken, das haben wir uns und auch unseren Besuchern fest eingeprägt.

Ein paar Jahre später…

Wir sind umgezogen und in unserer neuen Nachbarschaft hat ein japanisches Restaurant eröffnet. Es ist Donnerstag, viele Gäste sitzen noch nicht im Restaurant, als wir uns an unseren Tisch setzen und die Karte studieren. Wir bestellen eine große Platte mit ver-

schiedenen Sushi, nippen an unseren Getränken, als sich der Raum füllt.
Nach dem Essen finden Jennifer, Robin, Uli und ich, dass man hier kein zweites Mal einen Tisch reservieren sollte. Es hat uns nicht so gut gemundet. Enttäuscht gehen wir nach Haus.
Eine Stunde später ruft die Polizei bei uns an: »Mrs. Grau, jemand hat in einer Bar auf der Westside ihre Kreditkarte benutzt. Der Bartender wurde sofort aufmerksam, als eine Frau mit einer Kreditkarte, die auf den Namen Christine Grau ausgestellt ist, bezahlen wollte. Das ist doch kein afroamerikanischer Name, dachte er, notierte den Namen auf der Karte und meldete seine Beobachtung bei uns. Schauen sie doch bitte nach, ob sie ihre Brieftasche noch haben.«
Nein! Mein Geldbeutel ist verschwunden, stelle ich verblüfft fest - nichts habe ich in den letzten Jahren gelernt.

Nur ein paar Tage noch müssen wir in den engen Hotelzimmern ausharren, dann können wir von der 64th Street mit unserem Gepäck in die 57th Street zu unserem Wohnturm laufen und einziehen, so teilt es uns die Hausverwaltung mit.

Der Umzugswagen steht bereits vor der Tür, als ich ankomme. Die Maler streichen allerdings noch die Türen der Wohnung, der Concierge verweigert uns den Einzug und die Möbelpacker wollen nicht warten. Sie bereiten schon ihre Rückfahrt vor. Verzweifelt rufe ich bei der Spedition an. Doch der nächste Termin, um unseren Umzug auszuführen, wäre erst in zehn Tagen. Ich telefoniere mit Uli: »Lass' den Möbelwagen nicht wegfahren.«, rät er.

In der Lobby jammere ich, laufe im Kreis, schimpfe, bettle solange, bis der Concierge Mitleid mit mir hat. Er gibt den Malern die Anweisung, die Arbeit sofort zu beenden, damit wir einziehen können. Den Möbelpackern drücke ich sechzig Dollar für ein Frühstück in die Hände und bitte sie, in zwei Stunden wieder zu kommen. Sie sagen zu. Gerettet!

Die verglaste Lobby ist klein, aber stilvoll eingerichtet. Man lotst uns zu den Aufzügen dahinter und nach dem Betreten des Lifts werden wir etwa siebzig Meter rasant senkrecht in die Höhe gezoomt. Danach können wir unsere Wohnung betreten, die sich in der dreiundzwanzigsten Etage befindet. Noch nie wohnten wir so hoch oben.

Die Kinder jubeln, rennen zu den fast bodentiefen Fenstern und staunen über die Höhe. Ich schaue eher zögerlich auf die 57th Street hinunter. Vierspurig bietet sie Platz für den dichten Verkehr.

Von hier oben, mitten in der unendlichen Hochhauslandschaft, entdecke ich die Wassertürme, die zum Druckausgleich des Wassers auf den Dächern stehen und ins blaue Universum ragen.

Etwa vier Meter hoch, vier Meter breit, aus Holz gebaut, fassen die Wassertanks etwa vierzigtausend Liter Wasser. An den Fassaden einiger Wohntürme kleben Balkone wie Streichholzschachteln, auf denen die Bewohner die Aussicht genießen, Kaffee trinken, lesen oder Chi Gong üben.

Auf unserem Balkon will ich auf die deutschen Blumenkästen bepflanzt mit Geranien verzichten. Aber eine Lichterkette zur Weihnachtszeit möchte ich um die Streben des Geländers dekorieren – mit zitternden Händen und weichen Knien.

Noch nie lebte ich so nah unter dem Himmel wie jetzt. Und noch nie fühlte ich mich fester geerdet, als ich nach der siebzig-Meter-Fahrstuhlfahrt mit zitternden Knien wieder auf der Straße stehe und den Möbelpackern sage: »You may unload the truck.«

Die erste Nacht verbringen wir auf Matratzenlagern zwischen Kisten und Kartons. Mein letzter Gedanke vor dem Einschlafen: Die Maler müssen noch einmal kommen, um die Schäden an den Türen auszubessern und ich sollte den Kühlschrank auffüllen.

Es ist August. Durch die Hochhausschluchten bläst heiße, schwüle Luft. Die Hektik und der Lärm sind ungewohnt. Schnell bewegen sich die schick gekleideten Fußgänger auf dem Gehweg. Ich ordne mich in den Strom ein, werde hin und her geschoben. Um nicht anzuecken, passe ich mein Tempo den Passanten an und renne mit ihnen die Lexington Avenue entlang. Jeder hat es eilig. Zeit ist Geld. Nichts kann uns stoppen. Sogar die roten Ampeln sind kein Hindernis. Gelbe Taxis drängeln uns zur Seite. Autofahrer hupen wütend.

Nicht nur der laute Verkehr und die Auspuffgase berauschen meine Sinne. Der würzige Geruch von Street Food, das halal in dem Food Truck links angeboten wird, dringt in meine Nase. Rechts umweht mich ein herrlicher Kaffeeduft, als würde mich Starbucks – der anderen Gerüche wegen – um Verzeihung bitten. Wo war die Deli, in der ich einkaufen wollte?

Nur kurz bleibe ich suchend stehen und werde sofort angerempelt. Ein »sorry« ertönt und noch eins, ein weiteres wird hinterher geschoben. Mir fällt auf: Höflich sind die Menschen hier, trotz der Hektik. Ich trete zur Seite, zu nah an den Obdachlosen heran, der im Eingang eines Schuhladens sitzt. Er zieht sich an der Hauswand hoch und will Geld von mir. Die Hitze, die Gerüche, der Verkehr, das Gedränge auf den Fußwegen, all die ersten Eindrücke in unserer neuen Nachbarschaft sind überwältigend für mich.

Schweißperlen rinnen von meiner Stirn und als der Bettler mich unerwartet anschreit: »You bitch, I will kill you!«, flüchte ich, so schnell ich kann, in den Eingangsbereich eines renommierten Kaufhauses.

Der doorman öffnet mir die Glastür: »Welcome at Bloomingdales!« Seine weißen Handschuhe gewähren dem Obdachlosen hinter mir allerdings keinen Zutritt. Der dreht sich um, zuckt gleichgültig mit den Schultern und trottet wieder auf den Gehweg zurück. Ich atme auf, ich bin in Sicherheit. Hier drinnen wird mich niemand belästigen, denke ich.

Die Klimaanlage kühlt mein erhitztes Gemüt. Ich setze mich auf eine weich gepolsterte Sitzbank in der Abteilung der Handtaschen und ruhe mich aus. Edles Leder in allen Größen und Farben, wohin ich auch blicke.

Da stolziert auch schon eine der schwarz gekleideten Verkäuferinnen in High Heels auf mich zu. Etwas zu eifrig. In den blitzenden Augen erkenne ich ihre Geschäftstüchtigkeit. Schnell verlasse ich den Platz und schlendere durch die Eingangshalle, bis mich zwei junge, hübsch geschminkte Damen mit Kristallflakons von Dior, Chanel und Gucci in den Händen vertreiben. Sie stürmen auf Kundinnen zu und besprühen diese mit den schweren Düften. Auch mich.
In dem gepflegten Kleidertempel mit der bunten Lederabteilung und der gläsernen Ecke der schönen Düfte will ich dann doch nicht länger verweilen und gehe dem nächst

liegenden Ausgang zu. Die Drehtür schubst mich in die schwüle Luft der 3rd Avenue hinaus. Hier finde ich einen Supermarkt, in dem ich meine Lebensmittel einkaufe.

Nach dem Mittagessen beraten die Kinder und ich gemeinsam, wie und wann wir die Stadt erkunden wollen, bevor die Schule im September anfängt.

Das erste kräftige Gewitter, das wir in der 23. Etage erleben, entlädt sich an diesem Abend über der Stadt. Wir sitzen eng zusammen im Wohnzimmer und schauen uns das Naturschauspiel von oben an. Es ist unheimlich. Die Blitze zucken in schneller Reihenfolge grell am Nachthimmel, der Donner folgt ohrenbetäubend laut und der Regen trommelt gegen die Fensterscheiben. Wir fühlen uns, als wären wir im Hochgebirge.

Am nächsten Morgen ist es in der Stadt nicht mehr so stickig. Die Straßen haben sich abgekühlt und die Luft ist frischer als in den letzten Tagen. Wir können freier atmen und wir sind bereit, heute in Manhattan auf eine ausgedehnte Entdeckungstour zu gehen.

Zu Fuß
durchstreifen wir die Straßen.
Mutig
tauchen wir in die düsteren Höhlen des Untergrunds,
steigen in die Subway,
fahren nach Brooklyn, Queens, in die Bronx.

Neugierig
sitzen wir in den Linienbussen,
im Touristenbus und
erkunden
Chinatown, Little Italy, die West Village.

Wir staunen
über die Vielfältigkeit der Millionenstadt,
bis uns Tomaten
an die Köpfe geworfen werden.

Wir sind in Harlem -
da beginnen wir zu ahnen,
was uns in New York
erwarten könnte.

Ist Betteln ein Beruf ?

Heute macht mich Robin auf ein kleines Wesen aufmerksam, das in der 60th Street zwischen einem Café und einem Antiquitätengeschäft in einem schattigen Hauseingang kauert. Er zupft an meinem Jackenärmel und flüstert aufgeregt:

»Mama, da sitzt ein Mädchen auf dem Boden.« Ich folge seinem Zeigefinger. Tatsächlich, aus dem Halbdunkel in die Ecke geduckt, schaut sie mich mit zwei großen braunen Augen an. Ihren dürren Arm streckt sie zum Betteln aus. Eine Büchse mit Kleingeld steht neben ihr. Strümpfe und Schuhe hat die Kleine nicht an, nur eine komische schwarze Kutte.

Ich krame einen Dollarschein hervor, den ich immer in der Jackentasche griffbereit habe und trete näher an das Mädchen heran. Sie senkt den Kopf. Sie zittert.

»Mama, ich will ihr das Geld geben.«, bittet Robin. Ich gebe ihm den Schein und er lässt ihn in die Büchse fallen. Wir warten. Sie schaut in die Blechdose, fischt den Schein heraus und steckt ihn unter ihre Kutte.

Jetzt sehe ich, dass das, was sie übergestreift hat, eine der Tüten ist, in denen dreimal in der Woche der Hausmüll der New Yorker abgeholt wird. Die schwarze Plastiktüte, in die sie drei Löcher für Kopf und Arme geschnitten hat, dient ihr als Kleidungsstück.

Ich bin schockiert, schaue sie an und frage, ob sie Hilfe braucht. Sie hebt den Kopf, schaut mich kurz an und zischt:

»No, go away!« Und dabei schaue ich nicht in das unschuldige Gesicht eines kleines Mädchens, nein, die zierliche Frau ist bestimmt über vierzig Jahre alt. Ihre Augen blicken kalt, die Gesichtshaut ist dunkelgrau und faltig, das Haar wirkt ungepflegt. Wir bleiben stehen. Schlimmes muss sie erlebt haben, wenn sie sich halbnackt auf die Straße setzt und bettelt.

»Haben Sie Hunger?«, frage ich die Bettlerin.

»Just go!«, ist ihre Antwort.

»Sollen wir mehr Geld geben?«, will Robin wissen.

»Ich weiß es nicht.« In solch einer Situation war ich noch nie. Ein Passant drängt sich an mir vorbei, wirft ein paar Münzen in die Büchse und läuft weiter, als gehöre es zur Tagesordnung, die Bettlerin hier sitzen zu sehen.

Wir laufen zögernd ein paar Schritte weiter. Ich drehe mich noch einmal kurz um. Eine ältere Dame mit Einkaufstasche und ein Geschäftsmann, wie man an Tasche, Anzug und Krawatte erkennen kann, füttern nun die Dose mit Kleingeld. Robin will alles über die Bettlerin wissen:

»Ist sie arm? Warum sitzt sie da? Hat sie kein Zuhause? Hat sie keine Familie? Hat sie keine Kleider? Hat sie ihren Job verloren? Kann sie sich von dem Geld in der Dose etwas zum Essen kaufen?« Doch für das Elend, das wir gerade beobachtet haben, finde ich nicht so leicht eine Erklärung für meinen Zehnjährigen: »Vielleicht hat sie den Job verloren, konnte deshalb ihre Miete nicht bezahlen und hat keine Wohnung mehr. Betteln ist vielleicht ihre einzige Möglichkeit, um Überleben zu können.«

Eines Tages ist sie verschwunden. Doch nach den Herbstferien sehen wir sie an der Madison Avenue, Ecke 60th Street wieder. Sie kauert in ihrem schwarzen Müllsack neben einem Delikatessen-Geschäft. Im Verborgenen zählt sie ihr Geld und lächelt zufrieden. Dann steht sie auf, kramt in einer Tüte ein Paar Jeans, ein T-Shirt und einen hübschen Pullover hervor. Sie streift die Mülltüte über den Kopf, wirft sie zur Seite und zieht sich im Schatten des Hauseingangs um. Während sie sich bückt, kann ich auf dem Label der Jeans »Armani« erkennen. Kann sie sich Markenklamotten leisten? Sie tritt aus dem Eingang heraus und wird mit jedem Schritt zusehend größer und selbstbewusster.

In dem Moment fährt eine imposante, schwarze Limousine mit getönten Scheiben an ihre Seite und stoppt. Der Fahrer öffnet die Tür, unsere angeblich Obdachlose steigt in das Auto und das Gefährt gliedert sich in den Verkehr ein. Wir bleiben staunend stehen und schauen dem Fahrzeug verblüfft hinterher.

Zwei Tage später können wir beobachten, wie sie von der schwarzen Limousine auf der 62th Street abgesetzt wird. Sie steigt aus, kriecht in eine Ecke, streift ihre Arbeitskleidung über ihren mageren Körper und nimmt zwischen einem Friseur und einer Reinigung ihren Platz ein. Die Designerkleidung schiebt sie unter sich, sackt in sich zusammen und macht sich klein und hilflos. Wie eine Schauspielerin verändert sie ihre Pose und ihre Augen nehmen den harten Ausdruck an von einer, die auf der Straße lebt. Für uns ist sie im Laufe der Monate auch ein gewohnter Anblick geworden.

»Mama«, will Robin wissen, »ist die gar nicht arm? Warum bettelt sie, wenn sie ein so großes Auto hat?«

Ich erkläre meinem Sohn, dass die Frau eine Möglichkeit gefunden hat, auf diese Weise Geld zu verdienen. Das ist jetzt ihr Beruf. Ihr Geschäftspartner könnte der Fahrer des Autos sein. Er fährt sie und vermutlich auch andere Bettler zu ihren Arbeitsplätzen an verschiedenen Straßenecken.

Das ist ihr erfolgreiches Geschäftsmodell – fast wie ein modernes Märchen, das man sich in den USA erzählt. Wenn man Ideen hat, wenn man Wagemut besitzt und wenn man hart arbeitet, kann man es mit Glück vom Tellerwäscher zum Millionär bringen.

Oder: Eine kleine, schwarze Frau hat es geschafft, ihr Leben zu bestreiten. Es ist kein leichter Job, sich tagtäglich fast nackt in den Schmutz auf die Straße zu setzen, um Geld zu verdienen. Betteln ist ihr Beruf geworden.

Meinen zusammengefalteten Dollarschein, den ich stets in meiner Jackentasche trage, gebe ich jetzt Menschen, die ohne Zähne, mit klaffenden Schuhsohlen und zerschlissenen, dreckigen Klamotten am Straßenrand sitzen oder denjenigen, die mit Schildern »I need food« um Essen betteln und in ihren schmuddeligen Schlafsäcken unter Baugerüsten schlafen.

Homeless

In Manhattan leben viele Menschen, die kein Zuhause haben. Obdachlose schlurfen tagsüber in der Stadt herum, suchen ihre Nischen zum Ausruhen, lassen sich nachts in Umzugskartons gehüllt, auf Kirchenstufen oder in Eingangsbereichen von Läden, geduldet zum Schlafen nieder.

Manche betteln an Straßenecken mit aufgestellten Schildern: I am hungry, I need work. Andere fahren in der Subway hin und her oder leben da unten in unterirdischen Gemeinschaften. Ein einmaliger Eintritt von zwei Dollar und fünfundzwanzig Cent macht dies möglich. Im Gegensatz zu ihren überirdischen Genossen sind sie vor Wind und Wetter geschützt. Einige können aus der Situation heraus gefährlich werden.

Wenn ich mich unbedacht in der Subway dorthin setze, wo sich die homeless people eingerichtet haben, steige ich lieber, der Gerüche wegen, in einen anderen Wagen um. Dies tun viele New Yorker, zumindest die, die ihre Ruhe haben wollen.

Eine alte, verwahrloste Dame wohnt seit kurzer Zeit an unserer Straßenecke auf dem Gehweg. Als ich ihr zwei Dollar geben will, sagt sie friedlich: »Nein danke, ich habe heute schon drei Dollar verdient, das reicht mir. Mehr brauche ich nicht.«

In der New York Times lese ich einen Artikel über sie. Die alte Dame leidet unter einer mentalen Krankheit und lässt sich nicht mehr in die Gesellschaft eingliedern. Sie will in kein Obdachlosenheim und lebt auf der Straße. Ihre Tochter ist immer in ihrer Nähe und passt auf, dass ihr nichts passiert.

Lunch mit Grace

Der Nachmittagsunterricht ist für heute beendet. Ich warte vor dem Schulgebäude in der Upper West Side, als mich eine quirlige, grell gefärbte Blondine anspricht: »Ich habe dich gestern zum ersten Mal gesehen. Du bist neu hier! Woher kommst du? Wie heißt du? Ich bin Grace.«

»Christine! Ich bin erst vor kurzem von Amsterdam nach New York gezogen.«, stelle ich mich vor.

Aus der Eingangstür der Schule strömen bereits die ersten Schüler, auch Robin und David, unsere Söhne. Die beiden sitzen im gleichen Klassenzimmer, stellen wir während unseres Gesprächs fest.

»Ich kann dir morgen die Stadt zeigen, wenn du willst.", bietet mir Grace an.

»Ja, warum nicht!«, antworte ich, denn Grace verspricht mir die beste Aussicht auf den Broadway.

Da bleiben die Kisten, die noch nicht ausgepackt sind, einfach stehen, beschließe ich und lasse mich am anderen Tag von ihr mitschleppen.

Wir fahren mit der Subway zum World Trade Center, laufen zur City Hall und zwängen uns durch die wartenden Menschenmassen, die die Parade anschauen wollen, in eines der Hochhäuser.

Grace erklärt im Foyer dem doorman, dass wir im achten Stock im Anwaltsbüro erwartet werden. Er gibt uns den Weg frei, wir fahren hoch, betreten ein Büro und plötzlich schauen uns zehn fremde Männergesichter fragend an.

»Oh je!«, stammelt Grace, »jetzt habe ich mich im Gebäude geirrt. Mein Bruder arbeitet gegenüber. Er hat uns eingeladen, mit ihm die Parade anzuschauen. Die Polizei hat hinter uns die Straße bis zur City Hall abgesperrt. Da kommen wir jetzt nicht mehr rüber.« Sie schaut betreten und verloren aus.

»Das macht doch nichts, Ladies.«, tröstet der große Lockenkopf neben der Tür, »nehmen sie ein Gläschen Sekt, die Sandwiches reichen auch für alle. Greifen sie zu. Auch wir wollen die Sieger des Super Bowl bejubeln. Gentlemen machen sie Platz am Fenster für unseren unerwarteten Besuch.«

Die Herren rücken freundlich zur Seite. Wir stoßen an, plaudern, lachen und schauen uns gemeinsam die Parade an. Und doch, irgendetwas stimmt nicht, denke ich mir. Wie kann sie die Gebäude verwechseln?

Als wir eine Stunde später wieder draußen auf der Straße stehen, frage ich Grace: »Wartet dein Bruder auf dich?«

Sie kichert: »Ich habe keinen Bruder. Das mache ich immer so, wenn ich die Parade anschauen will. Hier im Gebäude sind die besten Fensterplätze und die Anwälte in den Büros sind immer sehr freundlich!«

Ich bin so verdutzt, dass ich nichts erwidern kann. Grace: »Wir könnten auch mal miteinander essen gehen zum besser Kennenlernen.«

Eine Woche später stürmt sie an der Ecke York Avenue und 65th Street auf mich zu und ruft: »Hallo-ho, hallo, hier bin ich.« Sie wedelt wild mit beiden Armen, obwohl ich sie nicht übersehen kann.

Wir gehen an einem hoch eingezäunten Grundstück entlang. Eine noch höhere Hecke dahinter verwehrt mir den Blick nach innen auf das Gelände. Restaurants oder Cafés kann ich hier nirgends entdecken. Vor einem breiten Tor bleibt Grace kerzengerade wie ein Soldat stehen, zeigt mit beiden Händen auf das Schild neben dem Eingang und sagt:

»Christine, ich stelle dir die Rockefeller University vor, gegründet im Jahr 1901. Hier komme ich öfters zum Essen her.«

Ich wundere mich. Vielleicht Kantine?

Von dem Pförtnerhäuschen aus bewacht ein streng blickender Uniformierter das Eingangstor. Grace flüstert mir ins

Ohr: »Einfach freundlich lächeln, grüßen und dann ganz zügig nichts wie rein.«

Wie Studenten, die in die Mensa wollen, sehen wir nicht aus, denke ich. Der Uniformierte hebt erstaunt den Blick und wartet fragend am Fenster. Nachdem wir grüßen und danach wortlos an ihm vorbei rauschen, schaut er uns nur verwundert hinterher.

»Geschafft«, grinst Grace. Sie hängt sich an meinen Arm und wir schlendern auf den Gartenpfaden ins Gelände hinein: »Ist das nicht wunderschön hier?«

Ich, die stundenlang in Gärten und Parks verweilen könnte, halte inne, schaue mich um. Das kann ich kopfnickend bestätigen. Vögel zwitschern, friedlich ist es, doch wo sind die Studierenden? Für mich sieht es eher aus, als wären wir in einem englischen Garten gelandet.

Schon seit Jahrzehnten wachsen hier knorrige alte Bäume, die in den Himmel ragen. Die Magnolien sind am Verblühen, die Zierkirschen sind über und über mit rosa Blüten bedeckt. Links, hinter den weißen und feuerroten Rhododendren, entdecke ich einen zauberhaften verglasten Pavillon von alter Architektur.

»Hier werden wir essen«, freut sich Grace, reibt sich die Hände und zerrt an meinem Ärmel, als sie mein Zögern bemerkt. Sie schubst mich. Wir treten ein.

Am Empfangspult, gleich rechts neben der Tür, begrüßt uns lächelnd eine junge Dame, die uns zu einem Tisch am Fenster führt. Links im Raum thront ein Büffet, an dem wir uns selbst bedienen können. Ich erkundige mich: »Das ist doch nicht die Mensa?«

»Essen kannst du soviel du willst. Bezahlt wird am Eingang, wenn wir wieder gehen. Kostet nur fünfzehn Dollar, komm endlich.«, erklärt Grace verschmitzt.

Wir schlängeln uns an Tischen vorbei, an denen ehrwürdig aussehende Personen speisen und miteinander plaudern. Ruhig und heiter ist die Atmosphäre.

Am Büffet füllen wir unsere Teller und probieren die verschiedenen Salate, die Pasteten, die Pasta, die Fleischgerichte und genehmigen uns dazu ein Glas Chablis. Die köstlichen Delikatessen genießen wir zwischen Palmen, die unter der Glaskuppel des ehemaligen Gewächshauses stehen. Die Törtchen, das Dessert und der Cappuccino danach schmecken einfach wunderbar.

Ich lehne mich wohlig zurück. Welch eine gediegene Mittagspause. Davon muss ich Uli berichten. Hier könnten wir auch einmal zusammen essen gehen. Ich schließe verträumt meine Augen.

Unruhe im Raum entsteht. Köpfe drehen sich. Es folgt Geraune. Grace dreht sich um, wird sichtlich nervös und flüstert mir zu:

»Ich muss mal in den Ladie's Room. Siehst du den grauhaarigen Mann, der von Tisch zu Tisch geht? Das ist der Dekan der Universität. Wenn er an unseren Tisch kommt, sag einfach, dass du die neue italienische, nein, deutsche Gastprofessorin bist. Wir sind im Faculty Club der Uni, der ist nur für die Professoren zugänglich«, und weg war sie.

Ich verstehe zuerst nichts von dem, was sie gesagt hat. Nachdem ich ihre Worte einordne und begreife, dämmert es mir. Mein wirres Gedankenkarussell bleibt jäh stehen, als ich erkenne, dass wir uns unerlaubt den Eintritt in den Professoren-Club zu einem gepflegten Lunch erschlichen haben.

Eine Hitzewelle durchströmt meinen Körper. Meine Kopfhaut kribbelt, meine Beine zittern, meine Handflächen werden feucht. Ich umklammere das Ende des Tischtuchs. Am liebsten würde ich jetzt sofort, auf der Stelle, im Erdboden versinken oder unsichtbar werden.

Ich bin erst vor ein paar Wochen in dem fremden Land angekommen. Was könnten hier die Folgen meiner Untat sein? Jetzt sollte ich schnell bezahlen und das Restaurant verlassen.

Meinen Blick wende ich suchend zum Ausgang hin. Die freundliche Empfangsdame steht nicht mehr da. Stattdessen begrüßt sie den Dekan. Laut rufen will ich nicht. Nur nicht auffallen! Was nun?

Der Dekan geht von Tisch zu Tisch, kommt näher, begrüßt jeden mit ein paar freundlichen Worten. Zwei Tische weg von meiner Linken:

»Professor Miller, schön Sie zu sehen. Wir müssen heute Nachmittag unbedingt über Ihren neuen Lehrplan sprechen.«

Einen Tisch zu meiner Linken:

»Welch ein interessanter Vortrag, Dr. Walker.

Es ist eine Freude Ihnen zuzuhören. Ich hoffe, wir dürfen Sie bald wieder bei uns begrüßen!« Der Dekan wendet sich nach rechts:

»Ah, Miss Gonzales, Sie sind heute auch hier. Wir sehen uns sicher morgen Abend zum Geburtstagsfest von Professor Weitz.« Sie nickt.

Angestrengtes Überlegen meinerseits. Ich, die italienische oder deutsche Professorin? So ein Blödsinn! Die kennt er doch sicher. Aus Versehen hier herein gestolpert? Das funktioniert auch nicht! Mein Kopf ist wie leergefegt. Nichts fällt mir ein. Wie konnte mich Grace in solch einer scheußlich verzwickten Situation allein lassen? Es ist zum Verzweifeln. Keine rettende Idee meldet sich aus der Leere meines Gehirns. Nichts! Absolut nichts! Das kommt vom Sauerstoffmangel, denn ich vergaß zu atmen. Mir wird es sogar etwas schwindelig. Der ganze Raum verblasst vor meinen Augen und dreht sich um mich herum.

Jetzt steht der Dekan an unserem Tisch und schaut mich an. Ich hole tief Luft. Plötzlich sehe ich, wie im Film, Marilyn Monroe mit einem flatternden roten Kleid in einer rosaroten Wolke vor mir schweben.

Vor drei Tagen erst, bei einem Stadtrundgang, standen Uli und ich mit Touristen vor dem Apartmenthaus, in dem vor langer Zeit Marilyn und Arther Miller gelebt hatten. Das hat uns der Fremdenführer erzählt.

Und nun steht sie vor mir. Marilyn, eine Halluzination, die meine Gedanken komplett durcheinander wirft. Wie finde ich aus diesem Dilemma hinaus? Der Anblick dieser imaginären Schönheit, direkt vor meinen Augen, verwirrt mich. Doch diese Vision zaubert mir ein strahlendes Lächeln ins Gesicht und ich flüstere:

»Hello, Marilyn, how are you? I'm here with Grace!«

Die Zeit bleibt stehen. Ich bin in einer zeitlosen Blase gelandet. Ganz kurz nur, dann verpufft die rosa Wolke und mein Traum zerplatzt. Ich schaue nicht mehr Marilyn an, sondern etwas verträumt den Dekan – direkt in seine verblüfften Augen. Eine ganze Weile!

Oje, was habe ich gesagt? Wie wird er reagieren? Zuerst sieht er mich fragend an. Plötzlich erhellt sich sein Gesicht, er beginnt zu grinsen und dann begrüßt er mich mit einem verschwörerischen Augenzwinkern:

»Enjoy your lunch, Marilyn Monroe and say hello to Grace Kelly.« Dann dreht er sich lachend um und schreitet zum nächsten Tisch.

Ich atme laut aus. Puh. Marilyn hat mich gerettet. Eine tonnenschwere Last fällt von mir ab. Ich fühle mich so leicht, dass ich aus dem Restaurant schweben könnte. Habe ich dem Dekan gesagt, ich sei Marilyn Monroe und warte auf Grace Kelly? Daran kann ich mich nicht erinnern! Mein Gehirn hat mir einen gräßlichen Streich gespielt und ich bin kurzfristig in der Filmwelt gelandet. Hat der Dekan an ein Spielchen von mir geglaubt, das er lustig fand? Oder, dass ich vielleicht Mitglied im Comedy Club der Uni bin? Ich werde es niemals erfahren.

Im Nachhinein ist mir das sehr, sehr peinlich. Doch dadurch hat sich meine prekäre Lage ganz unspektakulär, wie von selbst, in nichts aufgelöst. Die Anspannung weicht langsam von mir. Wie in Watte gepackt sitze ich da und sortiere meine Gedanken, als Grace an unseren Tisch stürmt:

»Na, das hat ja prima geklappt. Ich habe ihn gerade rausgehen sehn.«

Ich schnappe nach Luft, will etwas sagen, aber sie raubt mir meine vorwurfsvollen Worte mit:

»Das mache ich immer so.«

Sie freut sich diebisch und triumphiert: »Und wieder habe ich ein nicht nur preiswertes, sondern auch ein köstliches Vier-Gänge-Menü mit einem Glas Wein genießen können. Ist das nicht großartig? Das haben wir beide doch prima hingekriegt.«

Bei so viel Dreistigkeit fällt mir nichts mehr ein. Ich bin sprachlos. Der Schreck sitzt mir noch in den Gliedern. Nie wäre ich auf den Gedanken gekommen, mir den Eintritt zu diesen »heiligen Hallen« zu erschleichen.

Wir gehen schweigend zur Empfangsdame, zahlen und verlassen das Unigelände.

Auf der Straße vor dem Eingangstor bricht sie in schallendes Gelächter aus: »Christine, mit dir macht das Spaß. Hier essen wir nächste Woche noch einmal. Oder, ich hätte da noch eine andere Idee, wir könnten – mmh, wie wäre das? In einem Steakhouse in der Fifth Avenue bekommt man zum Lunch vier Gläser Rotwein zum Preis von zwei.« Sie plappert und plappert, plant bereits unser nächstes Abenteuer, bis ich sie ungeduldig unterbreche:

»Sorry Grace, ich habe im Moment keine Zeit.« Von ihrer Energie, die mich überwältigt, bin ich total erschöpft. Wortkarg verabschiede ich mich, lasse sie einfach stehen und drehe mich nur noch einmal um und winke zum Abschied, als sie mir hinterherruft: »Magst du denn keinen Rotwein?«

Auf meinem Weg nach Hause von der 65th Street bis zur 57th beruhigt sich langsam mein braves Ich, das bisher in kleinen, ehrlichen Vororten lebte, wo jeder jeden kennt, respektiert und auch nicht unerlaubt in andere Lebensgewohnheiten eindringt.

Am Abend berichte ich Uli von dem aufregenden Lunch mit Grace in der Rockefeller-Universität und schimpfe: »Mit der gehe ich nie wieder weg.«

Doch Grace ist voller Energie. Sie lässt nicht locker. Ein paar Tage später rennen Robin und David gemeinsam aus der Schule, als Grace winkend auf uns zuläuft. Ich ahne Schreckliches. Zu spät, um zu fliehen.

»Das ist ja großartig«, meint Grace zu Robin, »hast du Lust, mit David und den Mamas eine Cola zu trinken?« Natürlich hat er das. Es war nicht anders zu erwarten, da bei uns das braune süße Getränk aus dem Kühlschrank verbannt ist. Mein Einwand: »Nein, so viel Zeit haben wir nicht«, wird von meinem Zehnjährigen übertönt: »Wieso denn, der Papa ist doch nicht zuhause.«

»Keine Widerrede«, bestimmt Grace, »ich lade euch alle ein.« Und schon sind wir auf dem Weg zu einem »Christine, du wirst sehen, einem ganz besonderen Platz.«

Fünf Minuten später stehen wir im Central Park vor einem Lieblingsrestaurant der New Yorker.

Die »Tavern On The Green« ist heute großräumig abgesperrt und von einem Heer schwer bewaffneter Polizisten umzingelt. Ich will mich umdrehen und gehen. Doch Grace lässt das nicht gelten.

»Nein, das kommt nicht infrage. Ich habe den Kindern Cola versprochen. Die bekommen sie auch. Pass' auf David auf. Ich bin gleich wieder da.«

Sie läuft auf einen der uniformierten Zweimeter-Riesen zu und redet auf ihn ein. Sein Kopf ist mit einem Helm geschützt, sein Oberkörper steckt in einer schusssicheren Wes-

te, seine Maschinenpistole richtet er geradeaus auf das Restaurant.
Mit einem: »Die erwarten hier Netanyahu habe ich erfahren, das muss ich sehen«, kommt Grace begeistert zurück, »wir gehen seitlich in die Bar rein.« Sie packt die Buben an den Schultern und schiebt sie vor sich her.

Ich melde ernste Zweifel an, die sie einfach überhört. Meine Überlegungen: Wenn ich mich jetzt weigere, Robin packe und mit ihm flüchte, falle ich den Muskelmännern negativ auf, sie könnten mich verdächtigen und ich könnte vielleicht verhaftet werden. In Amerika weiß man nie: Falsche Zeit, falscher Ort und schon sitzt man eine Nacht im jail. Also laufe ich möglichst unauffällig hinter Grace her.

Am Eingang hält uns ein ganz in Schwarz gekleideter Hüne: kurzer Bürstenhaarschnitt, dunkle Sonnenbrille auf. Er spricht ins Mikrofon am Kinn.

Grace: »Sorry, Sir, unsere Buben gehen in die jüdische Schule. Sie müssen einen Bericht über Israel und den Besuch von Netanyahu schreiben. Mr. Grant erwartet uns in der Bar.«

Ihr sieht man diese Lüge nicht an. Ich drehe schnell meinen Kopf zur Seite und schnappe nach Luft. Der Mann von der Security spricht wieder ins Mikrofon und dann zu uns: »Kein Mr. Grant hier.«

Grace: »Doch. Gestern hat er es mir versprochen. Die Jungs müssen ihre Hausaufgaben machen. Bitte, Sir, bitte fragen Sie nach.« Sie schaut ihn flehend an.

Wieder einmal hat sie mich überrumpelt. Doch bevor ich ihr widersprechen kann, führt uns der wichtig Aussehende zur Bar und vier Cola-Flaschen stehen vor uns auf dem Tresen. Grace strahlt: »Na, wie habe ich das gemacht?« Sie erklärt den Buben, wer Netanyahu ist, warum er in New York ist, dass er bald ins Restaurant kommt und das sei so aufregend.

»Benehmt euch ordentlich!«, ermahnt sie die beiden.

Das interessiert David und Robin nicht. Sobald sie am schlürfenden Geräusch erkennen, dass ihre Cola-Flaschen leer sind, zappeln sie auf ihren Barhockern, schubsen sich gegenseitig und nörgeln solange, bis es Grace zu viel wird. Wir müssen gehen. Sie jammert über die verpasste Chance, weil sie Netanyahu nicht in Person gesehen hat, bis wir draußen vor der Tür sind.

»Christine«, sagt sie, »mit dir erlebe ich so viel. Wir könnten echte Freunde werden.«

Doch in meinem Kopf dreht sich alles:

»Tut mir leid, Grace, aber in den nächsten Tagen habe ich keine Zeit. Ich muss noch auspacken.« Mir fällt nur eine Ausrede ein, ich verabschiede mich und dann flüchte ich vor ihr.

Vor nicht allzu langer Zeit sind wir von einem beschaulichen europäischen Vorort in eine amerikanische Millionenstadt gezogen.

Die vielen neuen Eindrücke wühlen mich auf, erschlagen mich fast. New York muss ich selbst auf meine eigene Art und Weise erobern. Doch dazu brauche ich mehr Ruhe und noch ein bißchen Zeit.

Robin zupft mich am Ärmel: »Mama, die Grace ist mir zu verrückt. Ich will nicht mehr mit ihr weggehen.« Ich gebe ihm recht. Mir geht es genauso. Ich nehme ihn an die Hand und wir gehen zusammen in die wohltuende Ruhe des Central Parks.

Robin bekommt einen Hot Dog und ich einen Cappuccino im Pappbecher. Wir setzen uns auf eine Bank und beobachten Sonnenhungrige, die sich auf Decken räkeln, schauen einer Twirlinggruppe beim Üben zu. Auf dem gepflasterten Platz neben uns werfen vier junge Männer Bälle in ein Netz und wir, wir tun nichts. Wir schauen nur zu.

Hier vergnügen sich jährlich etwa zweiundvierzig Millionen Besucher beim Picknick auf der Wiese, beim Baseballspielen, Bootsfahren, Eislaufen, Spazierengehen, im Zoo, bei Konzerten, Filmfestivals, dem Oktoberfest – und wir sind mittendrin dabei.

Hochhäuser, in denen die Bewohner Millionenbeträge für die Apartments zahlen, umrahmen den Central Park von der 59th Street bis zur 110th Street und von der 5th Avenue bis zu Central Park West.

Vor Jahrhunderten gehörte das felsige unwegsame Gelände (von den Ureinwohnern Manahata genannt) zum Jagdgebiet der Lenape, ein Tribe der native Americans. Zwischen 1850 und 1870 ist diese schöne abwechslungsreiche Parklandschaft entstanden, die das »Grüne Herz von Manhattan« getauft wurde.

Auf dem Amt

Catherine und Jennifer machen zusammen mit ihrer Freundin Jenny Marie den Führerschein. Die praktische Prüfung bestehen sie sofort. Heute erscheinen wir für die schriftliche Prüfung in einem der Government Buildings in Downtown.

Die Mädchen begeben sich in den Prüfungsraum. Wir Mütter warten und wollen an der Auskunft von einer der Angestellten wissen, was wir alles brauchen, um die Führerscheine für unsere Töchter zu bekommen. Jennys Mutter erkundigt sich.

»Sie brauchen sechs Punkte für den Führerschein«, ist die Antwort der Angestellten.

»Wie bekommen wir die sechs Punkte?«

»Mit einem amerikanischen Birth Certificate.«

»Zählt die deutsche Geburtsurkunde?«

»Nein!«

»Bekommen wir sechs Punkte mit einem deutschen Pass oder einem deutschen Ausweis?«

»Nein!«

Jennys Mutter etwas ungehalten:

»Ausländer können den Führerschein machen, ihre Ausweise zählen aber nicht und wir brauchen trotzdem sechs Punkte?«

»Ja!«

»Wie bekommen wir sechs Punkte?«

»Haben Sie eine Kreditkarte?«

»Bekomme ich dadurch die erwünschten Punkte?«

»Nein, nur zwei Punkte!«

»Jetzt reicht es mir aber. Sagen Sie mir sofort, was ich Ihnen vorzeigen muss, um die sechs Punkte zu bekommen.« Jennys Mutter schimpft, gestikuliert und redet laut auf die Angestellte ein.

»Seien Sie leise, beruhigen Sie sich, gehen Sie zurück in den Warteraum. Ich habe noch andere Kunden. Wenn Sie sich beruhigt haben, stellen Sie sich wieder hinten an der Schlange an.«

Die Dame hinter dem Schalter kennt keine Gnade. Sie weist Jennys Mutter ab und widmet sich mir zu, denn ich bin die nächste in der Warteschlange.

Nun habe ich vor Wochen gelernt, dass man im Restaurant auf seine Tasche aufpassen muss und dass ein Arbeiter in meiner Wohnung, selbst wenn ich nur im Nachthemd da stehe, mir vollkommen egal ist. Heute lerne ich: Sei stets freundlich zu den Government Angestellten, sonst bekommst du keine Auskunft.

Ich: »Sorry, Ma'am, ich brauche sechs Punkte für den Führerschein meiner Töchter. Wie komme ich als Ausländer zu dieser Punktzahl? Könnten Sie mir dies, bitte, erklären? Das wäre sehr schön. Thank you, very much!«

»Zwei Punkte für eine Green Card, zwei Punkte für eine Kreditkarte und zwei Punkte für eine Social Security Number benötige ich. Diese Nachweise legen Sie mir nach der Prüfung vor und ihre Töchter bekommen ihre Führerscheine.«

Na, denke ich, geht doch, immer freundlich sein, die Ruhe bewahren, das bringt mich hier weiter. Ich muss Abschriften von den Social Security Nummern meiner Töchter und auch eine für Jenny vorlegen.

Wir rennen schnell zu der zuständigen Behörde, die etwa hundert Meter weiter, hinter dem Gebäude der Führerscheinstelle ist. Vor dem Eingang steht ein bewaffneter Polizeibeamter. Er verstellt mir den Weg. »Haben Sie einen Termin?»

»Nein!«

»Sorry, nur mit Termin!«, weist mich der Riese ab.

Zurück in der Führerscheinstelle teilen wir dies der zuständigen Dame hinter dem Schalter mit.

»Sie müssen den Eingang »Citizens Only« benutzen. In fünfzehn Minuten sollten Sie wieder hier sein. Wenn nicht, müssen ihre Töchter nochmals den Test machen.«

Und wieder rennen wir los und finden einen zweiten Eingang zu dem Gebäude, aber die Unmengen von Menschen davor, lassen keinen Zutritt zu. »Jenny, was machen wir jetzt?«

Enttäuscht gehen wir um das Gebäude herum, treten resigniert unseren Rückweg an und dabei finden wir einen dritten, etwas versteckten Eingang hinter dem Gebäude. So ganz ohne Schlange und ohne bewaffnete Polizei. »Citizens Only« steht groß über der Tür und da gehen wir einfach hinein.

Im Gebäude fahren wir mit dem Aufzug in den zehnten Stock, betreten das zuständige Büro und tragen unser Anliegen dem Beamten vor:

»Wir brauchen eine Bescheinigung über die Social Security Number meiner Zwillingstöchter und auch für Jenny.«

Ich zeige ihm meine Green Card und bekomme ohne Probleme die Papiere, die ich für meine Töchter brauche. Jedoch nicht für Jenny. Das sei ihm jetzt alles zu viel, meint der Beamte, die soll mit ihrer Mutter wieder kommen. Er schickt uns weg.

Jenny fängt an zu weinen. Die Zeit rennt ihr davon. Sie will den Test nicht wiederholen. Da gehe ich ohne sie zum Schalter zurück und stelle bewusst ratlos blickend dem Beamten die Frage, wo denn die Bescheinigung für Jenny sei.

»Ach«, meint er, »sorry, Ma'am, das habe ich vergessen.« Er stellt mir die benötigte Bescheinigung aus und mit den Dokumenten in der Hand hasten wir zur Führerscheinstelle zurück, wo die drei Mädels rechtzeitig ihre Führerscheine in Empfang nehmen können.

Fremd sein

Unsere Tochter Catherine jobbt ab und zu im Café Sabarsky, ein kleines Restaurant im Wiener Kaffeehaus Stil, das in der Neuen Galerie gegenüber des Central Park, Ecke 86th Street untergebracht ist. Gemälde von Klimt und Schiele, Schmuck im Jugendstil und Möbel der Wiener Werkstätten sind dort ausgestellt.

Sie räumt den leeren Teller eines Gastes ab. Die alte Dame schaut Catherine missbilligend von oben bis unten an, taxiert sie eine Weile und sagt dann mit abfälliger Stimme zu ihr:

»Wieso arbeitet ein blondes, blauäugiges Mädchen mit Akzent hier? Weißt du denn nicht, dass Sabarsky ein Jude war?«

Danach kommt meine Sechzehnjährige weinend zu Hause an.

In dem Apartmenthaus, in dem wir wohnen, muss ich vom dreiundzwanzigsten Stock mit dem Aufzug in die zweite Etage fahren, denn Waschmaschinen und Trockner stehen dort für alle Mieter bereit.

Ich sammle meine Wäsche, fahre hinunter und fülle die Maschine. Nur zwanzig Minuten dauert ein Waschgang. Pünktlich stehe ich wieder unten. Eine Bewohnerin des Gebäudes sitzt auf meiner Maschine, die gerade schleudert. Ich sehe auf die Anzeige: Drei Minuten, dann wäre meine Wäsche fertig. Ich warte und beobachte, wie die Trommel langsam werdend, das Ende des Schleudervorgangs ankündigt.

Die Dame bleibt auf meiner Maschine sitzen. Ich überlege, wahrscheinlich etwas zu lange, wie ich sie mit meinem ungeübten englisch, höflich darauf aufmerksam machen könnte, dass meine Wäsche fertig sei. Doch sie kommt mir zuvor und fragt mich aggressiv:

»Was glotzt du so blöd, denkst du, weil ich schwarz bin und du weiß, habe ich kein Recht, hier meine Wäsche zu waschen?«

Verblüfft weise ich sie darauf hin, dass sie auf meiner Maschine sitzt.

In Robins Schule werden die Arbeiten, die im Kunstunterricht entstanden sind, ausgestellt und die Eltern zu einer Vernissage eingeladen.

Ich stehe neben einer Mutter, deren Sohn uns oft besucht und sage:

»Wir können stolz sein. Unsere Kinder haben schöne Bilder gemalt.«

Die Mutter von Miles schaut mich böse an und sagt: »Was redest du da? Ich kenne dich nicht.«

Sie läuft weg und lässt mich staunend zurück. Wie soll ich das verstehen?

Ein paar Tage später ruft sie bei mir an und entschuldigt sich. Sie hätte mich nicht erkannt und möchte sich jetzt bedanken, dass Miles nachmittags zu uns kommen darf. Sie und ihr Mann arbeiten bis spät abends. Miles wäre bei uns gut aufgehoben und das wäre gut zu wissen.

Das vielschichtige Leben, das in Manhattan manchmal wie aus heiterem Himmel auf mich herab geschüttet wird, das wie zäher, schwarzer Teer auf mir kleben bleibt, brennt sich tief in mir ein. An dunklen Tagen wünsche ich mir, dass kluge, wegweisende Antworten leise und federleicht vom Himmel auf mich herabschweben würden und die Träumerin in mir ihren Frieden finden könnte. Welch eine Last würde dann von meinen Schultern fallen!

Dialoge, die ich still und leise mit mir selbst führe, geistern in meinem Kopf herum - ein steter Kampf. Meine Gedanken, meine Fragen bleiben immer hübsch in meinem Kopf verpackt. Mit mir selbst im stillen Gespräch ziehe ich mich oft in mein Schneckenhaus zurück und suche eine verbindende Brücke zu der Realität da draußen. Möge mir solch ein Brückenschlag, solch ein Spagat in der Zukunft besser gelingen.

Lady Liberty

Die Statue of Liberty ist das Wahrzeichen von New York City. Sie ist vom Boden bis zur Fackelspitze fast 100 Meter hoch, 113 Tonnen schwer und soll im Hafenbecken von New York mit hoch erhobener Fackel die Müden, die Geknechteten, die Heimatlosen, die Abgelehnten und die Armen begrüßen. So steht es im Sockel eingemeißelt.

Wegen der Wolkenkratzer, die heute das Stadtbild prägen, wird die Statue fast ein wenig übersehen, ist aber immer noch ein beliebtes Ausflugsziel für Touristen.

Das Stahlgerüst, innen hohl, beherbergt eine offene Wendeltreppe mit 168 Stufen aus Stahl, auf denen die Besucher zur Aussichtsplattform gelangen. Die grüne Hoffnung aus oxidiertem Kupfer soll vielleicht nicht nur die Einwanderer begrüßen, sondern diese auch zu einem Neuanfang ermutigen?

Auch ich brauche etwas mehr Mut, um in dieser unruhigen Stadt mein Leben zu meistern. Trotz meiner Klaustrophobie und meiner Höhenangst, seit Jahren habe ich keinen Turm mehr bestiegen, statten wir der Dame in Grün einen Besuch ab.

Es ist beängstigend,
mit den Massen
durch den Hohlkörper der Statue zu klettern,
zu kriechen,
für drei/vier Sekunden,
Körpergeruch an Körpergeruch,
die Aussicht über das Meer,
nein - nicht genießen,
sondern nur kurz erhaschen,
ohne sich zu besinnen,
ohne nachzudenken,
wie das denn so ist - mit den Einwanderern,
denen Schutz geboten werden soll?
Rücksichtslos,
kräftig weitergeschoben,
im Gedränge
hinunter gescheucht,
auf wackligen Beinen unten ankommen.
Erleichterung!
Aufatmen!

Diese Hürde habe ich überwunden. Ich erlebe viel auf den Straßen von Manhattan, nicht immer Schönes. Auch ich könnte eine Lady Liberty sein. Nicht die, die alle Einwanderer begrüßt, ihnen eine Heimat verspricht und Mut zuspricht. Nein! Eine, die sich selbst ermutigt, wagemutiger zu sein, die sich in der Stadt durchsetzt und versteht Grenzen zu ziehen.

Uli hat seinen Arbeitsmittelpunkt in der Firma gefunden. Catherine, Jennifer und Robin gehen zur Schule, verabreden sich mit Freunden. Und ich? Ich sollte mir auch einen Platz in der Millionenstadt erobern!

Beim Malen mit Kreide sitze ich angespannt an der Staffelei. Meine Linien werden vom Zeichenlehrer beanstandet: Zu schwarz! Zu dick! Dürfen das nur Picasso oder Chagall? Meine Kreativität ist nicht erwünscht. Nachdem der Kurs zu Ende ist, melde ich mich in der Erwachsenenbildung des »92nd Street Y« an. Ich nehme mir vor, das Goldschmieden lernen.

Um meine Materialien zu kaufen, tauche ich in die mysteriöse Welt der Gold- und Diamantenhändler im Diamond District ein. Mitten in Manhattan zwischen der 5th und 6th Avenue in den 45th, 46th, 47th Streets ist in New York alles erhältlich, was zum Goldschmieden gebraucht wird. Panzerwagen, die die Schätze liefern, parken dicht an den Straßenrändern, Bodyguards mit Maschinenpistolen stehen lässig daneben.

Fahrradkuriere flitzen an ihnen vorbei. Selbstbewusster als ich bewegen sich zwischen all den Goldkurieren und Geldtransportern bewegen sich Geschäftsmänner, die in teure Anzüge gekleidet sind.

Gepflegte Damen betreten die Schmuckläden, in deren Schaufenstern es auf Augenhöhe blitzt und funkelt, um zum Kauf zu verführen. Doch das interessiert mich nicht. Ich husche mit klopfendem Herzen, ausgebeulten Jeans und losem T-Shirt an dem Geschmeide vorbei. Die anderen, die mit mir den Fußweg teilen, interessieren sich auch nicht für mich.

Ich will in eines der Gebäude gelangen, das zwölf Stockwerke über dieser Pracht liegt. Der versteckte Seiteneingang ist nicht leicht zu finden.

Tief einatmend betrete ich das Hochhaus. Meinen Wunsch, in das Innere zu gelangen, muss ich an der Security ausführlich erklären. Nachdem mir der Einlass in die anonyme Welt gewährt wird, fühle ich mich nicht wohl. Denn hinter den glänzenden Fassaden wird es unerwartet düster und sehr schmuddelig.

Als der dunkle, klapprige Aufzug mich ruckelnd und stockend, Stockwerk für Stockwerk, in die oberen Etagen schleust, bekomme ich sogar Atemnot. In der zwölften Etage öffnet sich krachend die Tür. Der Lift federt mit einem holprigen Auf und Ab wie bei einem Erdbeben noch etwas nach. Erleichtert trete ich aus dem Kabuff und fühle mich wie ausgespuckt. Schmutzig ist es auch hier und gespenstisch dunkel wie in der Unterwelt. Es riecht muffig. In dem schwach beleuchteten Labyrinth der Flure versuche ich, mich zu orientieren und tatsächlich, ich bin bei den Großhändlern angekommen.

Hinter den streng bewachten Türen lagern Gold, Platin, Silber und die teuersten Edelsteinen in allen Farben und Größen. Die Schätze können von Menschen, die eine Steuernummer besitzen, gekauft werden.

Ich habe keine! Aber auch ohne Steuernummer, muss ich es wagen hier einzudringen, denn in den unzähligen kleinen Hinterstübchen gibt es das, was mein Goldschmiedeherz begehrt. Ich möchte Kupferplättchen, Goldnuggets, Silberdraht und Edelsteine kaufen, um in Zukunft Ringe und Ketten schmieden zu können.

Auf mein Klingeln hin öffnet sich automatisch die Tür. Geblendet schließe ich meine Augen, da die Verkaufsräume grell erleuchtet sind. Das Funkeln und Glitzern der echten Juwelen könnte man sonst nicht erkennen.

Ich trete mutig an den Tresen: »I'm a Y student« und gestehe, dass ich keine Großhändlerin bin, aber gerne eine Unze Gold kaufen möchte, ein bisschen Silber, einen kleinen Rubin oder vielleicht auch nur einen günstigeren Aquamarin. Die Verkäuferin, sie ist ein gütiger Mensch mit Herz und Seele, berät mich, zeigt mir Aquamarine, Rubine, Saphire und nennt mir die Preise. Dabei drückt sie ein Auge zu, verkauft mir die gewünschten dreißig Gramm Gold, einen kleinen Saphir und sechsunddreißig Meter dünnen

Golddraht in zweiundzwanzig Karat ohne Steuernummer, aber mit sales tax und Rechnung. Ich bezahle für eine Feinunze Gold (24 Karat, 31,1 Gramm) dreihundertsechzig Dollar und für das blaue Steinchen dreißig. Erleichtert schließe ich die Tür hinter mir.

Den Fahrstuhl betrete ich skeptisch und hoffe, dass er mich wieder sicher nach unten zu meiner nächster Hürde bringt. Das Werkzeug, das ich zum Arbeiten brauche - Hammer, Zangen, Feilen, Lot und Schmirgelpapier - bekomme ich im Keller des Gebäudes. Das ist allerdings eine Leichtigkeit für mich. Bei dem Gedränge falle ich nicht auf. Ich nuschle dem Verkäufer meine Wünsche zu, er greift in die Regale, ich zahle, und schon habe ich alles, was ich brauche und verschwinde wieder aus der Lagerhalle.

Mit meinen Schätzen gehe ich zügig aus diesen Katakomben heraus, zuerst in die edle Glitzerwelt der Einzelhändler und dann nichts wie hinaus in das ungestüme Leben der Straße.

Sonnenlicht und fast frische Luft empfangen mich. Jetzt, nachdem ich meinen Einkauf erledigt habe, verlasse ich leichtfüßig beschwingt den Diamond District. Mein Herz jubelt vor Freude. Ich habe meinen ersten Einkauf getätigt und eine Welt erobert, die eigentlich nicht für mich zugänglich ist. Jetzt fühle mich genauso großartig wie Grace nach unserem Lunch in der Uni. Das nervöse Kribbeln im Magen ist verschwunden, denn mein Abenteuer, Gold zu kaufen, ist für heute beendet.

Vierzehn Tage später sitze ich in der Werkstatt des »92nd Street Y« an meiner Werkbank und schaue in die grelle, weiß glühende, zischende Flamme des Bunsenbrenners, die ich zum Schmelzen auf die Nuggets im Schmelztiegel richte. Die kleinen Goldperlen bewegen sich, ziehen sich zähflüssig zusammen und dann beginnt das Gold zu tanzen. Wabernd vereinigt es sich im Schmelzbehälter mit dem im präzisen Verhältnis abgewogenen Silber oder Kupfer zu der von mir gewünschten 22-Karat-Legierung.

Damit sich die Zutaten gut miteinander verbinden, bewege ich mit der linken Hand gleichmäßig den röhrenden Flammenwerfer („torch" nennen sie ihn hier) über den edlen Metallen. Gleichzeitig rühre ich mit der rechten Hand, mit Hilfe eines einfachen Holzstäbchen, in dem zähflüssige Gemisch herum. Diese Handarbeit ist ziemlich vorsintflutlich, finde ich, aber ich will ja selbst Geschmiedetes erschaffen. Dabei muss ich höllisch aufpassen, damit nicht zu viel von dem Holz verkohlt oder gar in Flammen aufgeht.

Hochkonzentriert, mit glühendem Gesicht, passe ich den genauen Zeitpunkt ab, um den Schmelzvorgang zu beenden. Etwas über tausend Grad Celsius werden dazu benötigt. Die Flamme der torch erreicht diese Temperatur ohne Probleme. Ich sollte dabei nicht zimperlich sein. Sind alle Bestandteile miteinander verschmolzen, tauche ich das neu entstandene Goldstück zischend in ein Säurebad. Es erstarrt und wird dabei gereinigt. Je nachdem, wieviel Kupfer oder Silber ich den puren Goldnuggets zumische, glänzt das erkaltete Metallstück in einem zarten Rosé, Rotgold, Weißgold oder Gelbgold.

Danach fange ich mit viel Geduld an, das Gold zu formen, zu biegen, zu gestalten. Dazu stehen schwere Geräte im Atelier.

Drehen, walzen, pressen und immer wieder zwischendurch das Metall ausglühen, das sind die Arbeitsvorgänge, um das Goldstück vor dem Splittern zu bewahren. Erkalten lassen und wieder walzen oder durch Lochplatten solange zu der gewünschten Dicke ziehen, bis ein Golddraht oder eine Goldschiene vor mir auf der Werkbank liegt.

Ich hämmere, säge, feile, schmirgle und forme Ringschienen oder Kettenglieder, die zusammengefügt, verlötet und anschließend poliert werden. Aus dem dünnen 22-karätigen Golddraht, der sechsunddreißig Meter lang war, habe ich einen Sommer lang über zweitausend Ringe mit je fünf Millimeter Durchmesser geformt, danach zusammen gelötet und zu einer Kette geflochten. Sie ist mein Meisterwerk und liegt jetzt im Tresor. Ein fertiges Schmuckstück in meiner Hand zu halten, erfüllt mich mit Stolz und großer Freude. Ich trage meinen Schmuck selten, außer meiner ersten Goldschmiedearbeit, eine Kette, und die trage ich Tag und Nacht.

Durch das Goldschmieden habe ich es geschafft, die verborgenen Wege in dem Schachbrettmuster der Straßen zu entdecken und die Stadt zu erobern. Die Straßen von Manhattan sind mir zur Routine geworden. Einen festen

Platz habe ich mir hier erkämpft, ich bin selbstbewusster, mutiger geworden, und das gibt mir Zuversicht und Zufriedenheit. Ich bin - auch dank Lady Liberty - in der Millionenstadt angekommen!

Wieder einmal ein Umzug

Seit zwei Jahre wohnen wir in der 57th Street und blicken aus einer schwindelerregenden Höhe von der dreiundzwanzigsten Etage eines Hochhauses auf die turbulente, vierspurige Straße unter uns. Dort oben steht unser Esstisch beengt in einer Essdiele, eingeklemmt zwischen den Türen zum Wohnzimmer, zwei Schlafzimmern, zwei Küchen und zwei Wohnungseingängen.

Wir fünf sind uns ständig im Weg und sind auf der Suche nach mehr Wohnraum. Mit zwei Maklerinnen durchkämmen wir Immobilienangebote und besichtigen Wohnungen.

In der sechzigsten Etage eines Hochhauses in der Battery Park City schauen wir aus deckenhohen Fenstern über ganz Manhattan, sodass es mir bei jedem Schritt durch die Räume schwindelig wird. Kann es sein, dass das Gebäude schwankt? Ich fühle es!

Neben dem Wohnzimmer eines Apartments in der West Village thront beängstigend nah ein riesengroßer Wassertank, der auf dem Dach zum Ausgleich des Wasserdrucks steht. Was passiert, wenn der bricht?

Wir stehen gegenüber den United Nations auf der Plattform von Tudor City, wo der rege Verkehr unter den Häusern hindurch fließt und überlegen, ob wir hier über den Abgasen wohnen wollen.

Ein Apartment in Greenwich Village betreten wir und stolpern direkt in das überdimensionale blaue Himmelbett des Besitzers, mit bunten, plüschigen Kissen übersät. Er liebt es, in Samt und Seide vor der Eingangstür zu schlafen.

Da fällt mir ein, was meine Oma, als sie noch lebte, einmal zu mir gesagt hatte: »Mit den Beinen und den Füßen in Richtung Tür zu liegen, das geht nur, wenn man tot ist.«

In der Upper Eastside, in Midtown, in Kips Bay, in der West Village, in der Lower East Side, in fast allen Stadtteilen von Manhattan sind wir unterwegs und suchen nach einer geeigneten Wohnung. Ein größeres Apartment mit vier Schlafzimmern und drei Bädern können wir auch diesmal nicht finden.

Wir sind frustriert und als unsere Maklerinnen sich erkundigen: »Dürfen wir ihnen auch Brownstones zeigen? Da hätten sie genügend Platz für die Familie.«, sagen wir zu und besichtigen einige Stadthäuser. Die meisten dieser alten Gebäude müssen allerdings renoviert werden, was wir nicht stemmen wollen.

221 East 49th Street

In der Turtle Bay Neighborhood finden wir im Sommer 2000 in der 49th Street zwischen der Third Avenue und der Second Avenue, direkt neben dem spanischen Institut unser Townhouse.

»Turtle Bay« Ein früheres Farmgelände, wurde im 17. Jahrhundert nach einer wilden steinigen Bucht im East River genannt, in die ein Fluss mündete, in dem Schildkröten lebten – wird erzählt.

Im 19. Jahrhundert entstanden hier Wohnhäuser für Einwanderer. Entlang der heutigen Third Avenue fuhren damals die Postkutschen. Die Route von New York nach Boston wurde um 1840 eingestellt. Man fand sogar noch Überreste von einer Raststation, als das Spanische Institut 2002 erweitert wurde und einen Anbau in den Garten stellte. Industrie entwickelte sich am East River, die jedoch in den 40-er und 50-er Jahren dem Bau der United Nations weichen musste.

Seit 1866 steht dort ein kleines Haus zwischen zwei größeren Gebäuden, das der Besitzer renoviert hat und verkaufen möchte. Es gefällt uns. Im Kaufvertrag, den wir unterzeichnen, steht ein Überbleibsel aus dem 19. Jahrhundert, dass Käufer sich verpflichten müssen, keine Lederfabrik – wegen des üblen Geruchs – im Haus zu errichten.

Gegenüber wohnen unter anderem eine berühmte amerikanische Schauspielerin, der deutsche Vize Konsul, ein bekannter Science-Fiction-Schriftsteller.

Ein Steak House, ein mexikanisches, ein japanisches Restaurant sowie eine Botschaft befinden sich am Ende der Straße. In der Second Avenue gibt es alles, was man für das tägliche Leben braucht: Restaurants, Supermärkte, Kinos sowie kleine Geschäfte wie Reinigung, Blumenladen, Schuhmacher, Zeitungskiosk und Schlüsseldienst.

Unser Haus steht unscheinbar einklemmt zwischen all den neu entstandenen Hochhäusern in der Nähe von den United Nations an der First Avenue am East River und dem Waldorf Astoria Hotel an der grün bepflanzten Park Avenue, da, wo Präsidenten und Staatshäupter wohnen, wenn sie zu Gast in der Metropole sind.

Auf ihrem Weg von der Park Avenue zum deutschen Konsulat (First Avenue und Ecke 49th Street) laufen der damalige Bundeskanzler Schröder mit dem Außenminister Fischer und ihren Begleitern oft an unserem Haus vorbei. Damals so ganz ohne Personenschutz! In Manhattan, zwischen all den Menschen, werden sie nur von uns erkannt.

Großzügig ist unser Wohnraum nun auf fünf Etagen verteilt. Drei Terrassen, ein kleines Gärtchen hinter dem Haus

und ein noch kleineres Gärtchen vor dem Haus bieten uns grüne Oasen an. Stuckdecken und vier offene Kamine runden die Gemütlichkeit ab.

Jetzt schauen wir von unserem Esstisch aus, der in dem geräumigen Esszimmer des Parlor Floor steht, auch Belle Etage genannt, in den Garten hinein.

Der Cornus Cousa, ein Baum mit schirmartigem Wuchs und großen cremeweißen Blüten, schützt uns an sonnigen Tagen vor der Hitze, wenn wir im Garten hinter dem Haus sitzen.

Zum Frühstück, Mittag- und Abendessen treffen wir uns lieber unten neben der offenen Küche in dem ehemaligen

Dienstbotenzimmer, das wir in eine Essecke umgestaltet haben. Von den Fenstern aus können wir über den Vorgarten schauen und am regen Straßenleben von Manhattan teilnehmen. Hinter dem hohen schmiedeeisernen Gitter, das den Vorgarten von dem Gehweg trennt, fühlen wir uns wohl. Von all dem Trubel da draußen werden wir zusätzlich von zwei großen mit Grünpflanzen bepflanzten Blumenkübeln abgeschottet.

Stromausfall

Es ist spät am Nachmittag. Plötzlich erlöschen alle Lichter im Haus und unsere Zimmer sind nun in ein Halbdunkel getaucht. Der Herd funktioniert nicht. Der Kühlschrank fällt aus, auch die elektrischen Uhren. Draußen auf der Straße ist es ebenfalls düster geworden.

Power outage in Manhattan! Wie konnte das passieren? Radio und Fernsehgerät können keine Auskunft mehr geben. In den Hochhäusern stehen die Aufzüge still. Die Subway fährt nicht. Restaurants schließen. Das Leben pausiert in Manhattan. Zum Glück besitzen die Krankenhäuser Generatoren.

Die Bewohner der Nachbarschaft strömen in der lauen Sommernacht aus ihren Wohnungen, sitzen bei Kerzenlicht auf den Stoops (Treppe zum Haupteingang) ihrer Häuser und genießen die außergewöhnlich ruhige Zeit. Das Leben wird nach draußen verlagert.

Robin nimmt seine Gitarre, geht ein paar Straßen weiter und findet Gleichgesinnte. Beim gemeinsamen Musizieren hat Robin neue Freunde in der Nachbarschaft gewonnen. Sie sitzen auf den Stufen und musizieren bis die Kerzen erlöschen. Dann trottet jeder wieder nach Hause.

Ganz Manhattan geht früh zu Bett. Der Strom fehlt uns auch noch am nächsten Tag. Nach einem Tag ohne heißes Wasser sehnt sich mein Körper bereits nach einer Tasse Tee. Ich laufe durch die ganze Nachbarschaft. Keine Delis, keine Coffee Shops können mir heiße Getränke anbieten. Mein Kühlschrank funktioniert nicht, alles taut auf. Ich trinke die lauwarme Milch, damit sie nicht sauer wird.

In dem Moment klingelt es an der Haustür. Ich bin überrascht. Völlig unerwartet stehen frühere Nachbarn aus Deutschland hier in New York auf Städtetour, plötzlich vor mir. Damit habe ich nicht gerechnet.

Mit: »Nie wieder Manhattan!«, werde ich begrüßt. Gaby und Andreas schimpfen.

Ich schaue betreten, ich kann ihnen keinen Kaffee, keinen Tee anbieten, um ihre Gemüter zu beruhigen.

Ein wenig später sitzen wir dennoch in meiner Küche bei einem Glas Saft, denn die beiden wollen unbedingt ihre Geschichte erzählen:

»Die Subway, in der wir gestern saßen, stoppte abrupt. Plötzlich war es stockdunkel im Waggon. Handys leuchteten auf und spendeten spärlich Licht.

»Stromausfall«, riefen ein paar überraschte Stimmen. Wir waren in den Höhlen der Subway im Zug in der Dunkelheit eingesperrt.«

Gaby jammert: »Es dauerte über eine halbe Stunde, bevor Hilfe kam. Und das war schrecklich. Ich hatte wirklich Angst. Du musst dir vorstellen, ich sah nichts mehr. Eine gefühlte Ewigkeit lang, nichts! Es war stockdunkel da unten. Wir saßen wie Gefangene in dem Wagen. Als endlich die Mitarbeiter der MTA mit Taschenlampen kamen, wurden wir befreit und man forderte uns auf, den Mitarbeitern im Gänsemarsch in die unterirdischen Gänge zu folgen. Gruselig war das.« Sie schaut mich entsetzt an.

Andreas berichtet: »Wir marschierten eine ganze Weile hintereinander im Schein der Taschenlampen, bis wir angewiesen wurden, auf einer an der Wand festmontierten Leiter senkrecht in die Höhe zu steigen. Und dann krochen wir einzeln durch eine enge Öffnung im Straßenbelag und kamen direkt neben einer stark befahrenen Straßenkreuzung wieder an das Tageslicht. Grässlich!«

»Wie in einem Gruselfilm! So etwas habe ich noch nie erlebt.«, sagt Gaby. »Von dem Schreck erholten wir uns im Hotel. Das Personal wollte uns nicht auf unser Zimmer lassen. Aber in einem unbeobachteten Moment schlichen wir zum Notausgang und gingen die Treppen bis zum 15. Stock hoch. Ohne Abendessen legten wir uns ins Bett.«

»Nie wieder New York! Nie wieder Manhattan!«, lautet nach ihrem Bericht einstimmig das Urteil der beiden. Und jetzt sind sie zu mir geflüchtet, sitzen in meiner Küche und ich kann ihnen nichts zu essen anbieten.

In der Hoffnung, dass ein Tisch für uns frei ist, gehe ich mit ihnen in unsere Pizzeria, dort, wo die Pizza noch in einem Holzofen gebacken wird. Das Lokal ist gut besetzt. Alle, die wegen des Stromausfalls zu Hause nichts kochen können, rücken für uns drei etwas näher zusammen. Jetzt sitzen wir in der Gemeinschaft bei Kerzenschein, essen Pizza, trinken Rotwein und meine Gäste sind wieder versöhnt mit Manhattan.

»Ein richtiges Abenteuer habt ihr hier in der Stadt erlebt.«, schwärme ich, »keine langweiligen Reiseberichte nehmt ihr nach Hause mit. Das ist doch toll. Nein, ihr könnt von einer spannenden Rettung aus dem Untergrund von Manhattan erzählen. So etwas Einmaliges erlebt nicht jeder Tourist, der nach New York kommt und ihr seid mittendrin dabei gewesen. Diesen Urlaub werdet ihr sicher nie vergessen.«

Nach ihrer Abreise habe ich nie wieder etwas von Gaby und Andreas gehört. Aber ich vermute, dass die beiden noch viele Jahre nach ihrem New-York-Besuch von ihrer »rescue mission« berichten werden.

Sperrmüll

Seit kurzem wohnen zwei männliche Obdachlose, einer klein, dick und gemütlich aussehend, der andere dunkelhaarig, grimmig dreinblickend und hager, zwei Häuser links von uns vor dem spanischen Kulturzentrum, das gerade einen neuen Verputz bekommt.

Nachdem das Gerüst aufgestellt wurde, haben sich die beiden Männer sofort eingefunden, um unter den schützenden Brettern ihr Lager aufzubauen. Wie praktisch es ist, im Trockenen schlafen zu können. Streit gibt es ab und zu. Jeder will diesen Platz zuerst entdeckt haben und allein für sich in Anspruch nehmen.

Auf der Straße, direkt vor dem Gerüst, sackte vor kurzem plötzlich der Asphalt der Straße ein und eines der vielen Löcher, aus denen Wasserdampf aus dem Untergrund von Manhattan herausströmt, entstand jetzt auch bei uns in der Nachbarschaft. Mit einer rot-weißen Röhre wurde das Loch abgedeckt. Über dieser Stelle erwärmen die beiden Obdachlosen ihr Essen, das sie in Alu-Containern geschenkt bekommen.

Tagsüber strolchen die Männer durch die Straße und betteln und abends richten sie unter dem Gerüst ihr Lager ein. Jeder in seiner Ecke.

Gibt es Streit, zieht einer von ihnen auf die andere Straßenseite in den schützenden Eingang des Optikerladens. Meistens gewinnt der Hagere. Er ist der Stärkere der beiden. Er bewegt sich nicht von der Stelle. Seinen Platz gibt er nicht auf.

Eines Nachmittags poltert und dröhnt es vor unserem Haus. Der Krach will nicht aufhören. Ich laufe zum Fenster und schaue nach unten. Der grimmige, hagere Obdachlose von nebenan hat allerlei Unrat auf dem Fußweg abgestellt. Ich habe keine Ahnung, was er vorhat. Ich sehe nur, dass er mit einer Eisenstange auf seine gesammelten Metallteile einprügelt. Da liegt eine verrostete Waschmaschine, eine auseinander gefallene Air-Co. Die Reste des anderen Metallmülls kann ich nicht definieren. Das Gerümpel liegt über den ganzen Fußweg verteilt bis hin zu meinem Vorgärtchen. Das gefällt mir nicht.

In Manhattan wird dreimal in der Woche der Restmüll abgeholt und nur einmal in der Woche wird der Sperrmüll eingesammelt. An den anderen Tage muss man eine Strafe zahlen, wenn auf dem Gehweg Müll liegt.

Ich öffne das Fenster, mein Herz klopft und ich rufe aus dem zweiten Stock dem Obdachlosen zu:

»Hallo, was machen Sie da? Räumen Sie bitte sofort ihren Müll von meinem Fußweg weg. Kein einziges Metallstück will ich da unten mehr sehen.«

Ein bisschen mulmig ist es mir in dem Moment. Der Mann könnte ungemütlich werden und mit dem Müll eine Barrikade vor dem Eingang des Hauses aufbauen oder das Gartentor mit seiner Eisenstange demolieren. Er ist jedoch friedlich gestimmt, antwortet zu meiner Verblüffung:

»Yes, Ma'am!«, räumt anstandslos auf, bis der Gehweg wieder wie leer gefegt aussieht. Er holt vom Supermarkt einen großen Einkaufswagen, türmt seinen Schrott hinein, und mit dem Wagen zieht er sich friedlich in seine Ecke unter das Gerüst des Spanischen Instituts zurück.

9-11 Der elfte September 2001

Meine Freundin Birgit ruft mich aus Deutschland an: »Christine, ich bin so froh, dass ich dich erreiche. Hier in Hamburg wird in den Nachrichten berichtet, dass es in ganz New York brennt. Was ist bei euch passiert?«

Es ist etwa 9:00 Uhr morgens, Uli und ich sitzen noch am Frühstückstisch und ich habe keine Ahnung, was passiert sein könnte.

»Schalte den Fernseher an.«, bedrängt mich Birgit und dann wird die Telefonverbindung jäh unterbrochen.

Uli und ich schauen aus dem Fenster. Hier bei uns in Midtown Manhattan, in der 49th Street, ist alles ruhig. Nichts brennt. Der Himmel ist tiefblau. Kaum Verkehr. Die Stadt erscheint uns friedlich da draußen.

Birgits aufgeregte Stimme klingt noch in meinem Ohr, als ich kurze Zeit später zusammen mit Uli vor dem Fernsehgerät sitze. Wir können es kaum glauben, was berichtet wird. Ein Flugzeug soll in einen der Türme des World Trade Center geflogen sein?

Wir stürzen aus dem Haus, laufen zur 3rd Avenue und da sehen wir von weitem eine riesige, dicke, dunkle Rauchwolke aus dem Süden von Manhattan hervor-quellen und langsam in den Norden der Stadt kriechen, wie ein bedrohlich fettes Ungeheuer, das alles Zerstörte zudecken will. Wir sind etwa acht Kilometer von Down Town entfernt und überlegen: »Was könnte dort passiert sein?«

Zurück vor dem Fernsehgerät werden immer wieder Bilder von einem Flugzeug gezeigt, das in einen der beiden Türme hineinfliegt, durch ihn hindurch fliegt und einen Krater im Gebäude hinterlässt. Ist das Flugzeug tatsächlich in einen der Türme hineingeflogen und durchgeflogen? Durch den Turm? Das Flugzeug? Kann das sein? Wir können es kaum glauben. Was ist mit dem Pilot passiert? Konnte er das Unglück nicht verhindern? Konnte der Co-Pilot nicht eingreifen? Und was ist mit den Fluggästen? Das kann doch nicht möglich sein! Wird uns in den Nachrichten die Realität gezeigt oder ist das ein Katastrophenfilm, der von Hollywood kreiert wurde? Ein Flugzeugabsturz, der auf einen tragischen Unfall basiert, sieht doch ganz anders aus - oder? Unsere Gedanken rasen. Welch eine schreckliche Katastrophe ist hier bei uns in Manhattan geschehen?

Panische Angst um Catherine überfällt uns. Heute, am 11. September, will sie ihre Kunstlehrerin treffen, wenige Blocks vom World Trade Center entfernt, um eine Kunstgalerie zu besuchen. Vor einer halben Stunde hat sie das Haus in Richtung Down Town verlassen. Wo ist sie jetzt? Und was ist mit Robin? Die Sekretärin seiner Schule ruft über unser Faxgerät an und lässt uns wissen, dass das Schulamt angeordnet hat, Schüler und Lehrer müssen im Basement der Schule so lange ausharren, bis eine Entwarnung von der Schulbehörde kommt. Also doch: Eine Katastrophe und kein Horrorfilm!

Jennifer hat heute keinen Unterricht und ist zum Glück zu Hause. Gebannt starren wir drei auf die Bilder im Fernseher, die uns gezeigt werden. Wir wagen es nicht, uns die Folgen des Unglücks vorzustellen. Doch dann passiert das Unerwartete: Ein zweites Flugzeug prallt kurze Zeit später in den zweiten Turm des World Trade Centers hinein. Wir halten den Atem an. Die Maschine saust ebenfalls durch das Gebäude hindurch und auf der anderen Seite wieder heraus. Wir können es nicht fassen? Zwei Flugzeuge fliegen kurz hintereinander durch die Türme hindurch? Das ist kein Zufall! Das ist kein Unglück!. Das kann nicht sein!

Dieser Gedanke wird jetzt auch in den Nachrichten geäußert und bald darauf wird vermutet, dass ein Terroranschlag auf das Word Trade Center verübt wurde. Das kann nur ein terroristischer Anschlag gewesen sein. Wir verfolgen am Bildschirm das gräßliche Geschehen. Dicker schwarzer Qualm steigt vom WTC empor. Beide Türme brennen. Durch die Hitze schmelzen die Metallträger, die Konstruktion gibt plötzlich nach und dann stürzt völlig unerwartet der erste Turm in sich zusammen. Ein Stockwerk nach dem anderen stürzt ein, wie bei einer geplanten Sprengung. Zurück bleibt ein qualmender Trümmerberg.

Das pure Entsetzen bricht aus. Aus dem zweiten Turm sieht man Menschen, die sich vor dem Feuer retten wollen, in die Tiefe springen. Schreie gellen durch die Nachbarschaft. So einen Sturz kann niemand überleben! Wie groß müssen die Nöte, die Ängste, die Qualen der Menschen sein, um sich über hundert Etagen hinab zu stürzen

Bilder des Grauens werden in allen Nachrichtensendungen gezeigt. Wir starren fassungslos auf den Bildschirm. Es ist schwer zu ertragen und doch - wir können unsere Blicke nicht abwenden.

»Das ist ein Horrorfilm, das kann keine Realität sein,« flüstere ich Uli zu.

»Ein grässlicher, schlechter Film, geschmacklos, etwas anderes kann ich mir nicht vorstellen.«, erwidert er.

Nur ein Film? Oder Realität? Tief in mir will ich es nicht wahrhaben. Doch in den Nachrichten wird immer wieder von einem Angriff auf die ganze USA berichtet. Wir sehen grauenvolle Bilder: Um 10:30 Uhr stürzt der zweite Turm ein, sinkt in sich zusammen und hinterlässt ein zweites riesiges Trümmerfeld. Menschen vor Ort rennen um ihr Leben.

Es regnet Asche.
Es regnet Trümmer.
Es regnet Menschenteile.
Stockwerk für Stockwerk stürzt auch der zweite Turm ein - unfassbar.

Wo ist Catherine? Wir haben Angst um Catherine, denn sie ist nur wenige Straßen von diesem Inferno entfernt. Wie weit ausufernd stürzten die Türme? Welche umliegenden Gebäude, welche Nachbarschaften wurden dabei zerstört? Ist unsere Tochter irgendwo verschüttet? Wir zittern um sie.
Unser Telefon ist tot, aber das Faxgerät klingelt. Wir rennen.
Catherine meldet sich mit leiser Stimme. Für uns ist das eine

unendliche Erleichterung. Bereits in der Subway hatte sie irgend etwas gehört. Aufgeregtes Stimmengewirr ging durch den Wagen, berichtet sie. »Als ich aus der Subway kam, sah ich von Tribeca aus, wie ein Turm in sich zusammenstürzte, wie schnell sich das Trümmerfeld ausbreitete. Ich lief mit tausenden Menschen von der Unglücksstelle weg.«

Ihre Stimme zittert: »Vor dem öffentlichen Telefon ist jetzt eine lange Warteschlange. Mir ist nichts passiert. Ich will so schnell wie möglich nach Hause.«

Es wird sicher eine Weile dauern. Sie wird es schaffen. Wie gelähmt sitzen wir auf der Couch und warten auf sie. Wir haben Glück! Großes Glück! Robin ist in der Schule in Sicherheit. Uli arbeitet heute daheim, Jennifer hat keine Vorlesung und Catherine ist wohlauf und auf dem Weg zu uns. Wir gehören zu den Glücklichen. Doch pure Freude kann nicht in uns aufkommen. Wer muss am Ende des Tages suchen? Wer muss in den Trümmern graben? Wer muss um seine Lieben weinen? Wie groß wird das Leid sein?

Schutt und Asche haben große Teile von Manhattan zugeschüttet und Menschen darunter begraben. Eine klaffende Wunde ist durch den Terroranschlag in die Stadt gerissen worden. Sirenen heulen. Ich höre das Dröhnen der Hubschrauber, das schrille Jagen der Düsenjäger. Manhattan, eine Insel, wird abgeriegelt. Keiner kommt herein. Keiner kommt hinaus. Die Fähren werden gestoppt. Die Subway-Linien fahren nicht mehr. Busse und Taxis stehen still.

Stellt euch vor:
Dicht an dicht gedrängt
gehen die Menschen durch die Straßen,
stumm, mit Asche überzogen, kilometerlang
füllen sie vierspurigen Straßen in der ganzen Breite aus,
wälzen sich aus dem Katastrophengebiet heraus,
flüchten gemeinsam in Richtung Norden,
Schulter an Schulter durch Chinatown, Tribeca,
durch die Villages, Kips Bay, Midtown,
durch die Upper East Side, durch Harlem -
irgendwann endet die Insel am Wasser.
Wo sollen die Menschenmassen hin?
Ein Anblick, der noch nie da gewesen ist!
Unvorstellbar, wenn man es nicht selbst erlebt hat.

Als ich zum ersten Mal nach Manhattan kam, als ich die Hochhäuser, die die Straßen säumen, zum ersten Mal sah, habe ich mir überlegt: Wenn alle Menschen zur gleichen Zeit aus ihren Büros und Wohnungen auf die Straße hinunter gehen würden, hätte diese Menschenmenge überhaupt Platz auf den Fußwegen?

Jetzt weiß ich es. Es wäre kein Platz auf den Fußwegen, aber die drei-vierspurigen Straßen wären, so wie heute, eng bepackt mit Menschen.

Nachmittags habe ich einen Zahnarzttermin und ich bin mitten in diesem Chaos zur Praxis, nur fünf Blocks von uns entfernt, gelaufen. In Trance. Warum nehme ich den Termin wahr? Auf meinem Weg zum Zahnarzt weiß ich nicht, warum. Will ich in meinen ganz banalen Alltag zurück? Sollen die Schmerzen des Bohrers andere Schmerzen überdecken? Die Zahnärzte, seit dem frühen morgen in der Praxis, danken mir, dass ich komme. Patienten wollen sie versorgen und nicht an den Terror denken.

Auf meinem Rückweg, begegne ich den Fliehenden aus dem Süden der Stadt. Die Menschenmassen füllen die Fußwege und die Fahrbahnen. Keine Autos, keine Busse fahren mehr auf den Straßen von Manhattan. Menschen, nur Menschen, die wie Geister im Pulk nach Norden laufen. Keine Hektik. Keine Chaos.

Und mittendrin bin ich die einzige, die in die falsche Richtung drängt. Wie angewurzelt stehe ich eine ganze Weile an der 49th Street, bis ich eine Lücke finde und die Menge mir den Weg frei gibt, damit ich durch die Masse hindurch nach links abbiegen kann, um nach Hause zu gehen.

In allen Fernsehsendern wird fieberhaft berichtet. Bilder des Schreckens wechseln. Ein drittes Flugzeug stürzt in das Pentagon. Wird Washington angegriffen? Ein weiteres Flugzeug explodiert über Pennsylvania in der Luft, das in Richtung Capital City unterwegs war. Von Terroristen gesprengt, heißt es. Oder ob es von der US-Verteidigung abgeschossen wurde? Das war eine der vielen Fragen, die in den kommenden Jahren immer wieder diskutiert wurde.
Wir sitzen den ganzen Tag vor dem Fernsehgerät, wagen nicht aufzustehen. Der Ausnahmezustand wird in den USA

ausgerufen. Das Gebiet rund um das WTC wird evakuiert. Das White House und alle Federal Buildings werden geschlossen. Alle Flüge nach USA werden mit Düsenjägern abgefangen und zum Wenden gezwungen. Keine Maschine darf in den USA landen. Das US-Militär wird in der ganzen Welt alarmiert.

Über das Faxgerät erreichen wir das Büro in Robins Schule. Die Kinder sind immer noch im Keller der Schule untergebracht. Die Schulleitung wartet auf eine weitere Anweisung von Seiten der Schulbehörde. Wenn die Lage übersehbar und entschärft sei, dann könnten wir Robin abholen. Im Moment wäre dies noch nicht möglich. Wir sitzen und warten, mehr können wir nicht tun.

Catherine, ein Nervenbündel, kommt nach Stunden bei uns an. Müde, erschöpft, bleich und schockiert von dem Geschehen, setzt sie sich zu uns.

Dann erhalten wir Nachricht von Robins Schule. Uli läuft mit Jennifer los. Auch sie kämpfen sich gegen den Strom durch die Menschenmassen und holen Robin nach Hause. Am Spätnachmittag sind wir alle wieder vereint, unverletzt. Ich bin grenzenlos erleichtert.

Faxkontakte zur Außenwelt sind jetzt auch nicht mehr möglich. Wir können nicht anrufen und wir können nicht angerufen werden. Wir sind von dem Rest der Welt abgeschnitten.

Erst Tage später erfahren wir, dass unsere Eltern, Geschwister, Verwandte und Freunde bei uns anrufen wollten und wissen wollten, wie es uns geht, aber keine Verbindung zu uns bekamen. Auch sie hatten Angst. Es war quälend für sie, kein Lebenszeichen von uns zu erhalten: Irgend eine Nachricht, die ihnen Sicherheit geben sollte.

Am nächsten Tag überrollt ein Tross von Helfern ganz Manhattan. Feuerwehrmänner aus Texas, Rettungsmannschaften aus Boston, Freiwillige aus allen Staaten treffen ein und packen an, räumen die Trümmer weg, wühlen im Schutt, um die Verunglückten und die Toten zu bergen.

An den Schaufenstern der Geschäfte kleben Suchmeldungen, mit Fotos von Vermissten. Wer hat Brian gesehen? Wer sah Marc zum letzten Mal? Wo ist Anne? Jane melde dich! Weiß jemand, was mit Robert passiert ist? Trauer legt sich über Manhattan. In den Cafés, in den Büros, überall in der Stadt wird sichtbar, dass irgendein Mensch einen anderen vermisst.

Ein Firmeninhaber berichtet in den Nachrichten, dass seine Büros in den oberen Etagen des Nordturms gewesen wären und dass er keinen Kontakt zu seinen Angestellten herstellen kann. Er bittet über die Fernsehnachrichten:

»Ruft mich an! Ich verließ nur kurz das Büro, um meinen Sohn zur Schule zu begleiten, und da sah ich von der Straße aus, wie das erste Flugzeug in das Gebäude flog.« Diesen Aufruf wiederholt er stündlich. Seine Angestellten konnten sich nicht mehr bei ihm melden.

Die New Yorker rücken zusammen. Zahlreiche Freiwillige versorgen die Gestrandeten, die Überlebenden und die

Helfer mit Essen, Getränken, Kleidung, mit Gummistiefel oder stellen einen Platz zum Schlafen zur Verfügung. Von nah und fern kommen die Beherzten in Massen angereist, packen an, räumen Schutt beiseite, durchwühlen Trümmer, Staub und Asche, um Überlebende zu bergen, um Tote oder das, was von ihnen übrig blieb, auszugraben – immer seltener werden noch Lebende geborgen. Monatelang wird in dem riesigen Trümmerberg gesucht, der wie eine klaffende Wunde, an den Schmerz des Terrorakts erinnert.

Catherine können wir zum Glück Stunden nach dem Angriff ganz fest in unsere Arme schließen. Müde. Fassungslos. Entsetzt. Mit großen, dunklen Augen steht sie vor der Tür. Die Tage danach sitze ich neben ihr Stunde um Stunde vor dem Fernsehgerät, zu keiner Bewegung mehr fähig.

Unfassbar ist das, was geschehen ist. Grausam und Unmenschlich. Wir wollen es verstehen, schauen Nachrichten und erwarten Antworten, die wir so schnell nicht bekommen. Dann begreifen wir, dass wir uns auf diese Weise zermürben, nichts ändern können und erst nach dieser Erkenntnis sind wir in der Lage den Fernsehapparat auszuschalten.

Die Straßen sind von Downtown bis zur 14th Street monatelang gesperrt. Catherines erster Gang in den Süden von Manhattan kann sie nicht allein gehen. Ich begleite sie. Und da sehen wir die Leichenwagen einer nach dem anderen, von Motorrädern eskortiert, in die Leichenhalle der Stadt fahren. Jedes Menschenteil, das gefunden wird, bekommt ehrenvoll ein letztes Geleit durch Manhattan, um in der Leichenhalle identifiziert zu werden. Wir stehen da und weinen.

Wochen nach dem Anschlag sucht der Firmeninhaber noch nach seinen Angestellten. Keiner hat überlebt. Vorwürfe macht er sich, weil er das Büro verlassen hatte. Während er jetzt glücklich vereint mit seinen Kindern ist, bei seiner Familie sein darf, müssen die Angehörigen seiner Mitarbeiter trauern. Das wird er sein Leben lang wie eine schwere Last mit sich tragen, sagt er.

Das Gebiet rund um das World Trade Center wird wieder aufgebaut und ist wohl jahrelang die berühmteste Baustelle nach der Jahrtausendwende. Beim Abreißen von zerstörten Häusern findet man immer noch Leichenteile, auch Jahre später: Menschenteile. Überall. Verstreut. Unbarmherzige Funde des brutalen Terrorismus. Worte, die beschreiben sollen, sind schwer zu finden.

Freiwillige, die in die Trümmerbergen aufräumen, die darin wühlen, um Leben zu retten, um Tode zu bergen, sterben noch Jahre danach an ihren Krebserkrankungen.

Die Opfer des Attentats werden jährlich bei einer Gedenkfeier namentlich aufgerufen. Das sind die Helden. Sie werden geehrt. An die Gedenkstätte legen die Angehörigen der Verstorbenen Blumen, Fotos, Kerzen und T-Shirts und trauern.

9-11 *Am Tag des elften Septembers wurde die damalige Ordnung der Weltbevölkerung zerstört. Etwas brach unwiderruflich auseinander. Das Zusammenflicken ist nicht gelungen. Auch Jahrzehnte nach dem Terrorakt haben es die Weltregierungen nicht geschafft zu vereinen, das Misstrauen aus der Welt zu verbannen und Frieden für alle Nationen herzustellen.*

Ein Baum und das Kunstobjekt »Sphäre« überstanden fast unversehrt den Anschlag und wurden vorläufig verpflanzt, verlagert. Der Baum wurde ein paar Jahre nach dem Anschlag wieder auf das Gelände der Gedenkstätte gepflanzt. Für die verwunden Seelen der Überlebenden wurde ein Museum gebaut. Das Kunstobjekt fand vorläufig im nahegelegenen Battery Park einen Platz und wurde jetzt gegenüber der Gedenkstätte platziert.

Auszug unserer Töchter

Mit dem Gedanken, in zwei, drei Jahren in die Berufswelt einzutreten, können sich meine Töchter nicht anfreunden. Catherine und Jennifer wollen ihr Studium unterbrechen und im Ausland ein Jahr lang neue Erfahrungen sammeln, um dann später ihr Studium in New York zu beenden, so lautet der Beschluss.

Jennifer entscheidet sich für ihr Heimatland. Freunde hat sie dort und die Sprache bereitet ihr keinerlei Probleme. Das Durchboxen ohne Familie erscheint ihr in Berlin das Einfachste zu sein.

Nicht so für Catherine. Ein Jahr in Rom soll ihren Kunsthorizont erweitern und ganz nebenbei italienisch zu lernen, ist selbstverständlich für sie. Sie ist bereit, sich ins Unbekannte zu stürzen. Eines Tages ist es soweit. Die Mädchen packen ihre Koffer. Wir fahren sie zum Flughafen, bezahlen hundertfünfzig Dollar für Catherines Übergepäck, eine letzte tränenreiche Umarmung und dann verschwinden die beiden aus unseren Augen.

Jennifer ruft ein paar Tage später nach ihrer Ankunft aus Berlin an. Sie hat bereits eine kleine Wohnung im sechsten Stock eines Hinterhofgebäudes in der Nähe des Landwehrkanals gemietet, einen Telefonvertrag abgeschlossen und für Catherine einen günstigen Flug nach Rom gebucht. Ein paar Tage will Catherine mit ihr zusammen in Berlin verweilen. Alles ist in bester Ordnung, versichern sie. Die beiden kann man in die Welt hinausschicken, da braucht man sich keine Sorgen machen, denke ich erleichtert. »Genießt die Zeit zusammen und viel Spaß in Berlin!«, wünsche ich ihnen. »We love you.«, schallt es zurück.

Telefonklingeln weckt mich in New York eine Woche später mitten in der Nacht auf. Mein verschlafenes: »Hallo?« ist kaum hörbar.

»Mama?«, klingt es vom anderen Ende der Leitung.

»Catherine!«, rufe ich in den Hörer, «ist etwas passiert?« Sie antwortet resigniert: »Hier geht alles schief. Ich ärgere mich richtig und habe bereits nach einem Tag eine Stinkwut auf die Italiener! Was soll ich nur machen?«

Hellwach sitze ich in meinem Bett in Manhattan. Catherine, die Selbstständigste von meinen Kindern, die Neugierigste, diejenige, die neue Herausforderungen sucht und auch meistert, weiß nicht mehr weiter. Was ist in Rom passiert?

»Ich bin in Rom angekommen, habe kaum Geld, die Sprachenschule ist heute geschlossen, mein reserviertes Zimmer wurde an jemand anderes vermietet, meine Koffer sind am Flughafen, wo soll ich denn hin? Ich stehe auf der Straße!« Ihre Stimme klingt wütend. »Catherine, wo bist du?« , rufe ich.

»Ich stehe mitten in Rom. Ich habe keine Unterkunft und kein Geld. Die Geldautomaten hier am Platz nehmen meine Karte nicht an. Andere Automaten sind noch nicht auf den

Euro umgestellt und mit der alten Lira Währung kann nicht mehr bezahlt werden. Das Münztelefon, von dem ich gerade telefoniere, akzeptiert allerdings nur Lire, die mir zum Glück jemand gegeben hat. Heute ist Sonntag. Alles ist geschlossen! Keiner kann mir eine Auskunft geben.«, schimpft sie.

»Was ist denn mit deinem Zimmer passiert? Du hattest doch ein Zimmer für deinen Aufenthalt schon vor Monaten reserviert!«

»Da komme ich ja gerade her. Die Vermieterin hat es bereits an jemand vermietet. Warum, habe ich nicht verstanden. Sie konnte mir auch nicht weiterhelfen. Das ist so blöd, richtig blöd! Ich weiß nicht, wo ich heute Nacht schlafen soll.«

»Am besten du suchst dir für ein, zwei Nächte ein Hotelzimmer. Morgen früh erkundigst du dich in der Sprachenschule, wie du eine Unterkunft bekommst. Die können dir sicher weiterhelfen. Die Banken werden am Montag auch geöffnet sein!«

»Mama, ich habe noch nicht mal so viel Geld, um ein Zimmer im Hotel zu bezahlen!«

»Versuche in irgendeinem Hotel ein Zimmer zu bekommen. Du musst erst beim Auschecken bezahlen. Bis dahin wirst du eine Bank gefunden haben. In der Zwischenzeit kannst du im Hotelrestaurant essen und alles auf dein Zimmer schreiben lassen.« Ich spreche ihr Mut zu und versichere ihr:

»Morgen bekommst du alles in den Griff. Du wirst sehen, morgen sieht alles besser aus.«

Plötzlich erklingt das Freizeichen. Wir wurden unterbrochen. Hat sie meine letzten Worte noch verstanden?

Inzwischen ist es fünf Uhr in der Nacht und mein Herz rast. An Schlaf ist jetzt nicht mehr zu denken. Ich laufe im Schlafzimmer auf und ab. Ich warte. Doch kein weiterer Anruf folgt. Ich gehe hinunter in die Küche und wickle mich fest in meine Strickjacke, während ich an Catherine denke. Ich hoffe, dass Catherine ein Hotelzimmer findet und sich von dort aus wieder melden wird. Sie ist tausende Kilometer entfernt von mir. Helfen kann ich ihr nicht. Ich rede mir ein, sie wird ganz sicher auch diese Situation meistern. Noch habe ich ihre fröhlichen Worte, we love you, in Erinnerung. Das war vor acht Tagen. Heute sieht alles ein bißchen anders aus. Die Sorge um Catherine hält mich den ganzen Morgen gefangen.

Gegen zwölf Uhr klingelt endlich mein Telefon in Manhattan und Catherine berichtet, dass sie kein freies Zimmer in der touristischen Innenstadt von Rom gefunden hat und deshalb zum Flughafen zurückgefahren sei, wo sie jetzt für zwei Nächte ein Zimmer buchen konnte.

Ich atme erleichtert auf. Sie hat ein Dach über dem Kopf.

Sie erzählt jetzt ruhiger, dass sie auf der Fahrt zurück zum Flughafen ihre Gedanken sammeln konnte. Sie schimpft noch ein bisschen über die langsamen Italiener. Ansonsten hat sie jetzt richtig Hunger und wird im Hotelrestaurant erst einmal etwas essen. Die Rechnung wird aufs Zimmer gebucht. Morgen will sie zur Schule gehen und alles weitere würde sich dann schon finden. Ihre Zuversicht ist zurückgekehrt. Sie freut sich über das schöne, große, bequeme Hotelbett, will später noch ein Vollbad nehmen und dann erst mal in Ruhe ausschlafen.

»Das ist ein guter Plan, Catherine, du wirst sehen, morgen sieht die Welt schon anders aus. Ruf' mich an, wenn es Probleme gibt. Ich drücke dir ganz fest die Daumen. Ich habe dich lieb.«

Gut, denke ich, ich habe meine Tochter wieder. Meilenweit von ihr entfernt muss ich mir jetzt keine Sorgen mehr machen. Sie hat alles im Griff. Abends sitzen Uli, Robin und ich beim Essen. Ich erzähle von Catherines Abenteuern und verspreche Uli, ihn sofort anzurufen, wenn es etwas Neues zu berichten gibt.

Am anderen Morgen klingt ein munteres, frohes: »Hallo Mama« aus dem Hörer. Ich überschütte sie mit Fragen.

»Ja, ich habe gegessen. Ja, ich habe gut geschlafen. Ja, ich war in der Sprachenschule. Ja, ich habe eine Bank gefunden und stellt dir vor, ich habe auch ein Zimmer gefunden. Ich habe solch ein Glück.«

»Das ging aber schnell. Wie hast du das geschafft?«

Sie berichtet, dass die Sekretärin der Schule ihre Erfahrungen mit den Problemen der Sprachschüler bereits in der Vergangenheit gesammelt hat und auf fast jede Frage eine Antwort wusste. Eine Bank mit einem Geldautomat, der bereits auf Euros umgestellt ist und zusätzlich noch internationale Bankkarten annimmt, befindet sich gleich neben der Schule. Und in dem Moment, als Catherine von ihrem Pech kein Zimmer mehr zu haben erzählt, öffnet sich die Tür, ein Mann betritt das Büro und tat kund, dass sein Mieter abgesagt hätte und das Zimmer, das er immer an die Schüler der Schule vermietet, nun wieder frei sei.

»Mama!«, jubelt Catherine, »ich bin solch ein Glückspilz. Da habe ich sofort zugeschlagen. Morgen kann ich einziehen. Ich habe mir das Zimmer bereits angeschaut. Das ist sooo schön, nur zwei Straßen von der Schule weg, direkt an der Piazza Campo de Fiori. Da ist an jedem Tag Markt. Und stell dir vor, im Innenhof des Hauses steht ein alter Springbrunnen aus Marmor, der leise vor sich hin plätschert. So habe ich mir Italien immer vorgestellt. Das Zimmer ist klein, aber OK, die Küche kann ich mitbenutzen, die Dusche ist nicht so toll, aber das macht mir nichts aus. Der Vermieter ist so was von mürrisch, aber der wird auch noch freundlicher. Da bin ich zuversichtlich. Ich muss jetzt gehen, der Unterricht fängt bald an. Außerdem will ich mich noch um ein Telefon kümmern. Du fehlst mir, tschüss.« Weg war sie.

Mein Sonnenschein, denke ich, während ich Ulis Nummer wähle. Später, in einer freien Minute, rufe ich Jennifer in Berlin an. Sie lacht über meine Erzählungen und meint: »Catherine ist manchmal desorganisiert, eine Künstlerin eben.« Das ist wirklich neu für mich, aber die Zwillinge kennen ihre gegenseitigen Schwächen besser als ihre Eltern.

Sechs Wochen später besuchen wir unsere Töchter. Zuerst fliegen wir zu Jennifer nach Berlin. In ihrer Hinterhofwohnung hat sie sich hübsch eingerichtet und genießt zum ersten Mal ihre Freiheit. Allein auf sich gestellt, organisiert ihr Leben selbst. Sie lernt kochen, sogar an selbstgemachte Maultaschen nach Papas Rezept wagt sie sich heran.

Zusammen besichtigen wir den Reichstag, das Brandenburger Tor und unter anderem auch das jüdische Museum. Jetzt stehe ich vor den Schaukästen, tief berührt. Tränen rinnen über mein Gesicht. Die Buchstaben verschwimmen vor meinen Augen. Verlegen schluchzte leise vor mich hin. Jennifer schaut mich fragend an. Ich weine nicht nur, weil ich an meine Tochter in Rom denke.

Ein paar Tage später fliegen wir weiter nach Italien. Die Wiedersehensfreude ist groß. Denn dort treffen wir nicht nur Catherine, sondern auch Robin und sein Schulfreund Najee. Die beiden begleiten uns in Rom und reisen anschließend alleine weiter. Nach ihrer Europa-Rundreise wollen wir uns wieder in Rom treffen.

Catherine hat sich gut eingelebt. Sie zeigt uns begeistert ihr Rom und rät uns:

»Wenn ihr direkt vor euch interessante alte Ruinen seht, bleibt eine Weile stehen und dann dreht ihr euch unbedingt nach allen Seiten um, denn auch da gibt es Schönes zu entdecken, überall rings um euch herum.« Später, im Restaurant, bestellt sie zum Abendessen für uns alle sogar auf italienisch unsere gewünschten Pastagerichte.

Zum Glück ... stehen sie da - nicht verschmutzt. Doch die Socken, die in den Turnschuhen stecken, sind schmuddelig. Egal, sie stehen vor der Tür des Hotelzimmers in Rom. Vor zehn Tagen sind sie losgezogen, nicht ohne Probleme.

Najee, einer der Turnschuhträger, hatte nach seiner Ankunft in Rom festgestellt, dass seine Unterwäsche samt Socken in seinem Koffer fehlen. Die hatte er zu Hause in New York vergessen einzupacken. Sofort sind Uli, Robin, Catherine und ich mit Najee in das nächste Wäschegeschäft gestürmt. Fünfzehn Minuten später standen wir Tränen lachend wieder draußen auf der Straße.

Die kleine, zierliche, grauhaarige Verkäuferin hatte vergeblich versucht Unterhosen für Najee zu finden. Der hoch gewachsene Siebzehnjährige, neunzig Kilo schwere African American passte nicht in die eleganten, weißen Feinrippunterhosen hinein, die ihm die emsige Dame zeigte. Höchstens ein Oberschenkel. Und doch bemühte sie sich geflissentlich weiter, öffnete eine Packung nach der anderen und hielt den Inhalt kopfschüttelnd vor Najees Hinterteil.

Für unseren zarten Sohn Robin hatte ich die Wäsche vorsichtshalber zu seiner Reisetasche gelegt. Robin liebt weite Boxershorts, aber auch diese waren Najee zu klein. Mit Socken konnte er Najee aushelfen. Zum Glück fanden wir auf dem Weg zum Bahnhof einen amerikanischen Bekleidungsladen, der Boxershorts für fünfundvierzig Euro im Doppelpack anbot. Zwei Packungen kauften wir, mit der Ermahnung häufig zu waschen.

Die Städtereise in Europa, die Najee, ein typischer amerikanischer Highschool-Absolvent von seiner Mutter geschenkt bekam, soll nach Rom, Paris, Amsterdam und Berlin führen. Robin, der sich »gut in Europa auskennt«, so erklärte es Najee seiner Mutter, soll Najee begleiten. Nach dieser Reise, das dachte Najees Mutter, kennt er Europa so gut, dass er für sein Studium bestens vorbereitet wäre, denn der Siebzehnjährige will Diplomat werden.

Meine Sorgen waren: Würden die beiden in der Lage sein, die Zugverbindungen einzuhalten? Würden sie die bereits bezahlten Jugendherbergen finden? Würden sie überhaupt am richtigen Ort ankommen? Für meinen verträumten Sohn war es die erste Reise allein.

In Paris übernachteten sie bei unseren Freunden, die konnten helfen. In Amsterdam hatte Robin zwei Jahre gelebt und in Berlin versteht Robin die Sprache.

Ich ließ die beiden Jungs schweren Herzens aber mit Informationsmaterial und den Zug- und Flugtickets ziehen. In den letzten zehn Tagen kamen nur zwei Nachrichten von ihnen: In Paris hatten sie ihren Zug verpasst. In Berlin fanden sie die Jugendherberge nicht.

Jetzt bin ich erleichtert, dass sie wieder in Rom angekommen sind, denn hier stehen die Turnschuhe von Najee und Robin vor der Zimmertür des Hotels. Gewaschen hat Najee nicht so oft, das kann ich an den Socken sehen. Aber noch nie habe ich mich über solch ein schmutziges Paar Socken gefreut. Beruhigt fliegen wir zurück nach New York.

THE ANGEL PROJECT

nennt die englische Künstlerin, Deborah Warner, * ihre Arbeit.

Uli und ich verlassen unser Townhouse in der Turtle Bay Neighborhood, Ecke 49th Street und 3rd Avenue. Eines der vielen Kunstprojekte in der City wollen wir am heutigen Sonntag besuchen. Mit zwei dicht bedruckten Seiten Informationsmaterial in den Händen, fragen wir uns, welche Überraschung uns heute erwartet, denn »Engel« sollen in den nächsten zehn Tagen die Kunstwelt von Manhattan begeistern.

Wir vermuten Kitschiges und hoffen, dass unsere Vorahnungen zunichte gemacht werden.

Vor ein paar Wochen, als unsere Neugier sich entschlossen hatte mitzumachen, galten unsere ersten Gedanken den bunten, glitzernden Aufklebebildchen eines Poesiealbums. Das Gemälde von Rubens oder Michelangelo irgendwo in der Stadt zum Anschauen verteilt wurden, konnten wir uns nicht so recht vorstellen. In dem Informationsmaterial lesen wir jetzt:

Kommen sie allein. Bringen sie Zeit mit. Lassen sie sich überraschen. Denken sie an das Unmögliche. Ihre Gedanken sollen frei sein.

Sie treffen mich auf Roosevelt Island. Rechts gegenüber dem Ausgang der Subway Station der Linie F steht eine Bank. Dort nehmen sie Platz. Allein. Sie werden um 10:30 Uhr abgeholt.

Roosevelt Island ist eine schmale, etwa 3 km lange Insel, die zwischen den Stadtteilen Manhattan und Queens im East River liegt. Darüber spannt sich die Queensborough Bridge. Mit der Subway Linie F kann man die Insel erreichen. Von Manhattan aus, 2nd Avenue und 59th Street, schwebte seit 1976 eine Schweizer Bergseilbahn in vier Minuten hinüber. Leider blieb diese nicht nur einmal über dem Fluss stecken. Als der Motor, von akkuraten Schweizern gefertigt, sich nicht genügend gewartet fühlte, streikte er.

Mit der Kabine baumelten 69 Insassen sieben Stunden in schwindelnden 76 m Höhe über dem Wasser, bevor sie gerettet wurden. Die Stadt hatte danach französischen Experten den Bau einer neuen Seilbahn überlassen, die jetzt in drei Minuten ihr Ziel erreicht. Roosevelt Island ist, nachdem eine Strafanstalt und Krankenhäuser stillgelegt wurden, ein kleiner, aber beliebter Stadtteil, in dem die Einwohnerzahl in den letzten Jahren auf etwa 10 000 Bewohner angestiegen ist.

Allein – nach Roosevelt Island lese ich jetzt. Davon war keine Rede, als wir uns angemeldet hatten. »Das kommt nicht infrage, dass ich da allein hingehe.«, verkündige ich Uli, da ich vorsichtig wie ich bin, nicht weiß, was mich erwartet.

»Wir gehen zusammen hin und kurz vor unserem Ziel gehe ich weiter und du kommst sofort hinter mir her und beobachtest, was mit mir passiert.« Dies scheint mir ein sicherer Plan zu sein.

Wir laufen die Lexington Avenue entlang in Richtung Subway Station, entwerten unsere blaugelben Metro Cards und warten auf der Rolltreppe, bis die düstere, dreckige Unterwelt der New Yorker Subway uns verschluckt hat. Nie muss man lange im Gewühl der Plattform, wo es heiß und stickig im Sommer ist, auf die Züge warten. Jeder hat es eilig. Schnell müssen die Massen fortbewegt werden.

Wir steigen in den Wagen ein, der sich gleich hinter dem Wagen des Schaffners befindet, und schauen uns erst einmal um. Verrückte, so nenne ich ungerechter Weise die verwirrten Menschen, die kein Zuhause haben und sich auf der Straße lebend, gewisse Marotten angeeignet haben, finde ich zu meiner Erleichterung heute nicht in der Bahn.

Die fetten Ratten, ich sehe sie frech an mir vorbei huschen, sind Wirklichkeit und jederzeit zu beobachten. Sie verdanken ihr Dasein den zahlreichen Abfällen, die immer wieder zwischen den Gleisen landen. Das berüchtigte dritte Gleis, da unten, steht unter Strom. Menschen, die auf der Suche nach verlorenen Gegenständen zu den Gleisen hinunterspringen und mit dem dritten in Kontakt kommen, müssen ihre letzte Reise im Dreck der Katakomben antreten. Den Ratten scheint dies nichts auszumachen. Die Bewohner von New York haben sich mit all diesen Problemen irgendwie arrangiert.

Wir setzen uns. Die Bahn rattert los. Geräuschvoll schleudert sie uns im Höllentempo unter dem East River hindurch. Festhalten, kein Blickkontakt, jeder starrt vor sich hin, niemand will auffallen. Nur eine Station ist es bis zu Roosevelt Island, dann dürfen wir wieder an das Tageslicht emporsteigen. Ich atme auf.

Attraktiv breitet sich die Skyline von Manhattan unter dem

strahlend blauen Himmel vor unseren Augen aus. Überwältigt von diesem Anblick schmilzt meine Verärgerung über die ständig dreckigen Höhlen der Subway dahin. Nach dieser Gruselfahrt fällt mir auf, wie schön die Stadt doch sein kann.

Zögernd schaue ich mich nach unserem Treffpunkt um. Verdächtiges kann ich nicht entdecken. Bei Bedarf kehre ich sofort um und steige in den Untergrund zurück, nehme ich mir vor.

Eine Bank steht einsam und verlassen da. Das sonnige Plätzchen scheint uns zu erwarten. Verstecken kann man sich hier nicht, also nehmen wir zu zweit Platz. In den nächsten Minuten passiert nichts.

Die Anspannung wächst. Beobachtet man uns? Kurze Zeit später hält ein kleines Elektroauto vor unserem Sitzplatz. Neben dem Fahrer ist nur ein Sitz frei. Der junge Mann bittet mich einzusteigen, allein, damit er mich zum Ausgangspunkt des Kunstprojekts fahren kann. Dort bekäme ich die benötigten Adressen der verschiedenen Ausstellungsräume ausgehändigt.

Schnell signalisiere ich Uli, indem ich mit dem Zeigefinger auf mich zeige, ihm alle zehn Finger entgegenstrecke und mit dem Daumen der rechten Hand in Richtung Subway Eingang winke, dass ich in zehn Minuten wieder am Treffpunkt Subway sein will, falls etwas nicht nach Plan läuft.

Für mich beginnt die Reise zur Südspitze der Insel. Aufmerksam verfolge ich die Fahrt und präge mir markante Punkte ein, falls der Fahrer mich an der verfallenden Psychiatrie aussetzen will, die seit Jahren nicht mehr ihren Zweck erfüllt. Wer weiss, welches Abenteuer auf uns wartet – vielleicht eine Kunstaktion in der Anstalt? Nein! Wir fahren vorbei und ich genieße den Blick auf die Hochhäuser zu meiner rechten, in deren Glasfassaden die Sonntagssonne blitzt. Das Empire State Building ragt stolz in den blauen Himmel hinein, daneben liegen die United Nations direkt am East River.

Am Ende der Insel entdecke ich einen Container, der von außen nicht auf das Geschehen im Inneren schließen lässt. Ich bin an meinem Ziel angekommen. Mit den Worten: »Sie werden im Bauwagen erwartet. Alles weitere erfahren Sie drinnen.«, lässt mich mein Fahrer stehen und verschwindet sofort, nachdem ich aus dem Elektroauto gestiegen bin.

Da stehe ich nun, traue mich nicht hinein, denn mutig war ich noch nie. Gehe hinein, befehle ich mir. Die sehen doch bestimmt durch das Fenster, dass ich unschlüssig vor der Tür warte.

Mit klopfendem Herzen trete ich in den grell beleuchteten engen Raum ein und werde zu meiner Überraschung von freundlich lächelnden Menschen begrüßt. Eine junge Frau, die sich als die Künstlerin präsentiert, erklärt:

»Der Anschlag auf Manhattan hat mich zu den Kunstinstallationen angeregt, die die verwundeten Seelen vom 11. September heilen sollen. »Angel Project«, habe ich meine Arbeiten genannt. Die Stadtväter von New York stellten mir leer stehende Räume in Gebäuden der Innenstadt zur Verfügung, in denen ich Kunstprojekte installiert habe.»

Sie schaut mich auffordernd an:

»An diesen nehmen Sie heute teil. Sie können sich in den Räumen solange aufhalten, wie Sie möchten. Um zwanzig Uhr schließen die Ausstellungsräume. Kunstinteressierte, wie Sie, erleben an diesen magischen Orten, was ich durch meine Werke vermitteln will. Ich will Sie in die Welt der Engel entführen.«

Ihre Fragen:
»Können wir Engel sehen oder können Engel uns sehen?
Sehen und Gesehen werden!
Haben Sie sich schon einmal gefragt, ob es die Himmelswesen gibt oder sind es nur Hirngespinste?
Offenbaren sich Engel nur, wenn man an sie glaubt? Was bewirken Engel?
Können sie heilen oder helfen?
Oder ist gar jeder von uns ein Engel?«,
kann ich nicht beantworten.
Sie schlägt vor:
» Tauchen Sie in meine Installationen ein.
Erleben Sie die Welt der Engel mit offenen Gedanken
und lassen Sie sich von Ihren Gefühlen leiten.
Die Atmosphäre in den Räumen und die Kunstprojekte sollen allein und in Stille erspürt werden.«

Die Künstlerin überreicht mir ein Heftchen mit Wegbeschreibungen, um die verschiedenen Orte zu finden und rät: »Öffnen Sie sich. Lassen Sie sich auf das Unerwartete ein. Seien Sie aufmerksam. Beobachten Sie ganz genau. Spüren Sie die Stimmung und was das Erlebte in Ihnen bewirkt. Horchen Sie in sich hinein. Das ist wichtig.«

Ich stehe wieder im Freien und finde, dass das alles sehr mysteriös klingt. Vor dem Container warte ich eine Weile auf Uli. Keine Spur von ihm! Langsam schlendere ich am East River zurück in Richtung Subway. So will es auch die

Wegbeschreibung, in der ich durch die Seiten blättere und nach weiteren Informationen suche.

Die Broschüre schickt mich nach Midtown Manhattan zu einer Adresse, die mir unbekannt ist. Um mich blickend, stelle ich ungeduldig fest, dass Uli immer noch nicht in

Sichtweite ist. Ich laufe noch langsamer. Ich bleibe stehen, warte eine Weile und schaue über den East River zu der Queensborough Bridge, auch die 59th Street Bridge genannt. In siebzig Meter Höhe quälen sich bereits heute Vormittag mehrspurige Autoschlangen auf zwei Ebenen über den Fluss.

Simon und Garfunkel besangen in den 60-er Jahren die Brücke, die sich über den East River und über Roosevelt Island hinweg spannt und seit 1909 die Stadtteile Manhattan und Queens miteinander verbindet:

(slow down, you move too fast... looking for fun and *feelin´ groovy ..)*

Ich summe die Melodie leise vor mich hin und dabei entdecke ich am steilen, steinigen Ufer des Flusses einen unscheinbaren Bauwagen. Die graue Farbe ist bereits an mehreren Stellen abgeplatzt.

Nun sehe ich auch einen alten, bärtigen Mann, dessen Hose mit einem Strick an der Hüfte festgezurrt ist, der einen schmuddeligen, löchrigen Pullover über den Schultern trägt. Er räkelt sich wohlig in der Sonne, in einem Ruderboot sitzend, das auf der Wiese direkt neben dem Bauwagen gestrandet ist. In der einen Hand hält er ein Sandwich, in das er ab und zu herzhaft hinein beißt und so nebenbei auch noch die Möwen damit füttert. Mit der anderen umfasst er eine zerknitterte brown bag, aus der ein Flaschenhals herausschaut. So lässt er die Zeit, sorglos, ohne an die Folgen zu denken, verstreichen. Er nimmt einen Schluck und noch einen.

In Amerika ist es strikt verboten, in der Öffentlichkeit Alkohol zu trinken. Von einem Schnellrichter wird man mit fünfzig Dollar bestraft, wenn man auf frischer Tat ertappt wird und manchmal auch mit einer unbequemen Nacht im Gefängnis, wenn man keine Ausweispapiere bei sich trägt. So verlangt es hier das Gesetz.

Hinter dem Alten steht noch eine Person mit dem Rücken zu mir, angelnd am East River. Ob man die Fische von diesem Fluss überhaupt essen kann, frage ich mich. Mein Weg führt, daran ist nichts zu ändern, an den beiden zwielichtigen Gestalten vorbei.

Wo bleibt Uli? Keine Unsicherheit zeigen, rede ich mir ein. Das ist nicht gut in New York. Zügig und selbstbewusst schreite ich los. Da winkt mir der alte Mann zu. Ja, ja, denke ich, auf dich falle ich nicht rein. Vielleicht willst du mir meine Tasche klauen. Nein, das soll mir kein zweites Mal passieren!

Oder – braucht der Alte vielleicht Hilfe? Ich schaue genauer hin. Sieht eigentlich nicht so aus. Jetzt nickt er mir auffordernd zu. Ich wage es und gehe etwas skeptisch in seine Richtung. Sein freundlich lächelndes Gesicht zeigt keinerlei Spuren eines harten Straßenlebens oder die eines Trinkers.

Mit einer einladenden Handbewegung bittet er mich stumm den Bauwagen zu betreten. Ob der zu den Kunstinstallationen gehört? Was sollen die Alten verkörpern? Engel? Daran will ich jetzt nicht glauben! Obdachlose? Freizeitangler? Bauarbeiter, die mir stumm etwas zeigen wollen? Ist das ganze Szenario ein Teil des »Angel Project«?

Offen sollen meine Gedanken sein, Ausschau halten, die Atmosphäre spüren und Unerwartetes tun. Ich schaue in meiner Broschüre nach, ob ich eine Anleitung zu der Installation finde. Nichts. Und doch wage ich es. Ein wenig später stehe ich auf den Stufen des maroden Bauwagens und öffne den Verschlag.

Es ist dunkel da drinnen. Der Geruch von Arbeiterschweiß hängt unangenehm in der Luft. Soll ich wieder zurück ins Freie gehen? Unschlüssig stehe ich da und schaue mich um. Durch eine kleine viereckige Luke im hinteren Teil der Wagenwand fällt ein schwacher Lichtschein in die Dunkelheit. Staub tanzt darin bis hinunter auf den Boden. Schön sieht das aus.

Tastend bewege ich mich in Richtung Licht und schaue neugierig und vorsichtig den Kopf einziehend durch die kleine Öffnung. Freudig überrascht erblicke ich, ein-gerahmt durch das Fenster, die Brücke, die neben dem Wagen in typischer Perspektive auf Manhattan zuläuft.

Dahinter, über dem Fluss, der heute träge in strahlendem Blau neben Manhattan fließt, liegen die Hochhäuser wie Bauklötzchen ordentlich aneinandergereiht. In ihren Glasfassaden spiegeln sich die Sonnenstrahlen. Der Ausblick ist gigantisch.

Ein Ausflugsschiff mit Touristen an Bord tuckert vor dieser fotogenen Kulisse vorbei. Sie können nicht wissen, dass ich sie vom Bauwagenfenster aus beobachte. Blühende Bäume links und rechts, ein blauer Himmel darüber und der Postkartenblick durch das Bauwagenfenster ist perfekt. Fasziniert stehe ich da und sauge die Kulisse in mich hinein. Höre ich Vogelgezwitscher? Ich lausche.

Da ich heute Morgen dieses Abenteuer mit meiner Kamera angetreten habe, halte ich das Motiv, das mein Fotografenherz schneller hüpfen lässt, sofort mit mehr-maligem Klicken fest. Nun habe ich meine Postkarte zumindest digital immer zum Vorzeigen parat, falls wieder einer jener landliebenden Besucher von mir wissen will: Wie kannst du überhaupt in dieser Hochhauslandschaft leben? Dass mir der Besuch des alten Bauwagens solch eine Freude bereitet, hätte ich vor ein paar Minuten noch nicht gedacht. Gut fühle ich mich jetzt, dass ich meine Zweifel beiseite geschoben und es gewagt habe, trotz der eigenartigen Alten in den Bauwagen hinein zu klettern. Ich bin über meinen Schatten gesprungen und habe mich nicht von dem äußeren Schein ablenken lassen.

Langsam löst sich meine Anspannung. Beschwingt trete ich hinaus in die frische Brise, atme klare Luft tief ein und blinzle wohlig der Sonne entgegen. Ein paar Möwen flattern auf und davon.

Mein anfängliches Misstrauen ist verschwunden. Ich überlege, was mir die Künstlerin mitteilen will, falls dieser Wagen zu ihrem Werk gehört? Personen vertrauen, die anders sind? Oder: Auch Hässliches kann Schönes beherbergen? Mehr Mut zum Entdecken? Zum Nachdenken werde ich auf jeden Fall angeregt. Dies ist ein außergewöhnlich schöner Auftakt unserer Kunstreise durch die City.

Nun bemerke ich, dass die alten Männer sich in Nichts aufgelöst haben, aber gleichzeitig entdecke ich Uli, der auf mich zu kommt. Er nimmt den Bauwagen gar nicht wahr, läuft einfach weiter. Ob der Zauber des Moments, den ich noch hatte, ohne die Alten verflogen ist? Sieht Uli die Dinge anders als ich? Ich erzähle von dem Bauwagen, von den Clochards. Er hört kaum zu, aber wir beschließen, dass wir die Suche nach Engeln in Manhattan gemeinsam erleben wollen. Entspannt schlendern wir in Richtung Subway unserem nächsten Ziel entgegen.

Manhattan, dem Himmel so nah

Erneut streifen wir unsere Fahrkarten durch den elektronischen Entwerter, der uns das Drehkreuz zum Untergrund öffnet. Wir fahren mit der Subway nach Midtown Manhattan, wo wir Ecke 34th Street und 6th Avenue wieder zum Licht empor steigen und frische Luft einatmen dürfen.

Die 6th Avenue wird auch Avenue of the Americas genannt. Im Norden der Straße, Richtung Central Park, sind die Straßenlaternen mit Plaketten aller Nord- Mittel- und Südamerikanischen Staaten geschmückt. Laut Wegbeschreibung sollen wir hier an der östlichen Straßenseite die Hausnummer 1040 finden und im vierten Stock das rechte Apartment besuchen.

Wir stehen vor einem alten, sechs Stockwerk hohen, schäbig aussehenden Brownstone. In gleicher Höhe Wand an Wand aus braunem Stein gemauert, stehen hier noch einige alte Stadthäuser, baufällig, oft verlassen zwischen den modernen Wolkenkratzern.

In anderen Stadtteilen sind die Brownstones begehrt, wie bei uns in der Turtle Bay. Zwischen den mit Bäumen gesäumten Straßen finden die Stadthäuser neue Besitzer, die sie liebevoll renovieren. Familien wie wir schätzen nicht nur den großzügigen Platz zum Wohnen, sondern auch das kleines Gärtchen für Gemüse- oder Blumenbeete dahinter.

Unbewohnt scheint dieses Haus zu sein. An den Klingeln, die wir über den Stoop erreichen, stehen schon lange keine Namen mehr. Die Tür lässt sich mühelos öffnen. Im Treppenhaus kommt uns ein ratlos dreinblickendes Grüppchen entgegen.

Schweigend erklimmen wir die Etagen und finden in der fast leeren Wohnung drei weitere Besucher vor, die sich verwundert umschauen. Still ist es, schmuddelig, verstaubt, verlassen. Ein schmutziger Schlafsack, der in einer Ecke liegt, weist auf einen Übernachtungsgast hin. Gegenüber steht eine Kommode, lieblos an die Wand geschoben. In den offenen Schubladen finden wir subway maps, herausgerissene Telefonbuchseiten mit umkreisten Telefonnummern und Werbeprospekte von Take Outs und Delis.

Über unebene, knarrende Holzdielen stolpern wir zu den hinteren Räumen. Auf dem Wohnzimmerboden liegen tatsächlich ein paar von den bunten, kitschigen Bildchen mit pausbäckig lächelnde Wesen, die wie im Poesiealbum mit glitzerndem Gold- und Silberflitter verziert sind.

Eine intensiv verlebte Küche erwartet uns, als der Holzboden in braune, vor Schmutz strotzende Fliesen übergeht. Die vergilbten Schranktüren hängen schief in den Scharnieren. Unappetitliches, zerbrochenes Geschirr stapelt sich in der Spüle, in die der Wasserhahn klatschend seine Tropfen schickt.

Im nächsten Raum fällt mein Blick auf einen Stuhl, der vor einem Fenster steht. Soll das Fernglas auf dem staubigen Fenstersims aus der Anonymität heraus zum Beobachten durch die fast blinden Scheiben auffordern?

Ich schaue durch das Fenster zur gegenüber liegenden Straßenseite, wo Hochhäuser mit hellen Glasfassaden, modernen Büros, Restaurants und schicken Kleiderläden entstanden sind. Sollen wir das betrachten? Ich setze mich vorsichtig auf die Stuhlkante. Auf der belebten Straße, fixiere ich zwei junge Frauen in Designer Kleidung und High Heels, die mit Kaffeebechern aus einem Café kommen. Nicht wissend, dass sie beobachtet werden, setzen sie sich auf die Bank vor dem Café und plaudern.

Unwohl fühle ich mich dabei, andere zu begaffen. Das gefällt mir nicht und ich befördere das Fernglas wieder auf seinen Platz zurück. In diesem Moment erinnere ich mich daran, dass Alfred Hitchcock seine Krimis immer mit folgenden Worten warnend beendete:

»Und noch eins: Sie werden beobachtet!«

Hier auf dieser Straßenseite stoßen Schmutz, Elend und Armut die Besucher ab und genau von der gegenüber liegenden Seite lockt uns der saubere Wohlstand.

Uli und ich entschließen uns, die desolate Wohnung zu verlassen. Im Treppenhaus kommt uns ein Ehepaar entgegen, das freundlich grüßt. In der 6th Avenue gliedern wir uns in die Menschenmenge ein und laufen mit ihnen in Richtung Norden.

»Was sollte das bedeuten?«, rätselt Uli, »ziemlich trostlos die Wohnung da oben. Im Schutz einer schmuddeligen Fassade soll ich andere durchs Fernglas beobachten? Ist diese Behausung Tarnung für das FBI, um jemand zu bespitzeln oder ist es nur ein billiger Unterschlupf für Junkies?«

Uli und ich diskutieren angeregt. Sollten wir nicht schweigend beobachten? Wir lenken unsere Schritte über die Straße, denn genau schräg gegenüber sollen wir den 27. Stock eines schicken Hochhauses erklimmen.

Die Lobby des Gebäudes ist mit poliertem Granit ausgelegt. An den Wänden spiegeln sich über zwei Etagen hinweg die von der Decke hängenden Kronleuchter. Schwarze Ledersitze laden in dieser ruhigen Eleganz zum Verweilen ein. Der Concierge weist uns mit seinen weißen Handschuhen den Weg zum Fahrstuhl, den wir in der Spiegelwand fast übersehen hätten.

Wir treten ein. Sanft gleiten wir bei leiser Musik immer höher und mit einem zarten, vornehm klingenden Gong wird nach wenigen Sekunden die angeforderte Etage angekündigt.

Ein paar Schritte später befinden wir uns in einem großen Saal, der die Hälfte der Etage einnimmt. Suchend beginnen wir uns umzuschauen.

Zwölf Metallschränke stehen gleichmäßig aneinandergereiht mitten im Raum. Metallschränke, die an Spinde in Hallenbädern erinnern?

Doch die deckenhohen Fensterfassaden ziehen zuerst unsere ungeteilte Aufmerksamkeit an. Von hier haben wir den schönsten Blick über den Bryant Park, der zur Mittagszeit ein beliebter Treffpunkt für Büroangestellte ist.

Die 42nd Street, die hier die verkehrsreiche 6th Avenue kreuzt, sehen wir zu unserer Linken. Das unscheinbare alte, schmuddelige Townhouse, aus dem wir vorhin fast geflohen sind, können wir von dem Glaspalast aus zur Rechten entdecken.

»Welch ein Kontrast«, murmle ich in Ulis Richtung, »auf der einen Seite strotzt die Armut und genau gegenüber protzt der Reichtum.«

Und dann wenden wir uns den Metallkästen zu und umkreisen sie. Ich flüstere:

»Ob man die öffnen kann?« Ich blicke mich vorsichtig um. Unbeobachtet möchte ich bleiben, als ich an einem Türgriff ziehe. Die Tür öffnet sich. Auf der Innenseite der Tür steht mit Großbuchstaben JUDAS gedruckt. An einem Kleiderhaken, der hinten im Schrankinneren angebracht ist, hängt ein Paar weißer Flügel, solche, die kleine Kinder zur Weihnachtszeit bei Krippenspielen auf dem Rücken tragen, damit man sie zusätzlich mit weißen Nachthemden bekleidet, als Engel erkennt. Wir schauen uns fragend an und öffnen den zweiten Spind.

Er gehört PETRUS. Auch hier finden wir ein paar weiße Flügel. Im Schrank von JOHANNES stehen Fanfaren. Gestapelte Gebetbücher entdecken wir im Spind von ANDREAS.

»Die Zwölf haben Feierabend. Sie haben schon ihre Dienstkleidung abgelegt.«, kichere ich pietätlos.

»So ein Quatsch, damit kann ich überhaupt nichts anfangen.«, bemerkt Uli. Er läuft achtlos an den Federn vorbei, die über den ganzen Boden dekoriert sind.

»Die Aussicht ist schön hier.«, sage ich, »bleiben wir noch ein bisschen und genießen den Blick über Manhattan.«
Uli steht bereits ungeduldig an der Aufzugtür und betätigt mehrmals drückend den Knopf.

»Damit kann ich nichts anfangen.«, brummt er wieder vor sich hin.

Als wir im Erdgeschoss ankommen, begrüßen wir das ältere Paar, das wir vor kurzem in dem muffigen Treppenhaus gegenüber getroffen haben und das jetzt auf die bequemere Liftfahrt wartet.

Vor unserem nächsten Bestimmungsort stehen wir und vergewissern uns, ob wir tatsächlich an der richtigen Adresse gelandet sind. Über dem undurchsichtigen, verspiegelten Schaufenster neben dem Eingang prangt groß und bunt leuchtend ein Schild: PEEP O RAMA.

»Eine Peepshow soll da sein? Da geh ich nicht rein, auf keinen Fall.«, weigere ich mich lautstark. Plötzlich öffnet sich die Tür und eine Familie mit drei gelangweilt blickenden Kinder kommt heraus. Sie nörgeln: »Wir wollen zu Mc Donalds.« Ihre Gesichter lassen keineswegs auf Peinlichkeiten schließen. Und da schiebt mich Uli auch schon durch die Tür.

An den abgedunkelten Raum, der außer einer schmalen, hölzernen Sitzbank leer ist, gewöhnen sich meine Augen schnell. Wir setzen uns. Hier muss man aber spartanisch sitzen, wenn man auf so etwas Sündiges wartet, geht es mir durch den Kopf.

Zu unserem bisher Gesehenen: Armut, Reichtum, Schönheit, Hässliches und Himmlisches kommt jetzt noch die Sünde dazu, vermute ich.

Die wenigen Menschen, die im Raum auf der Bank sitzen, schauen wortlos und bewegungslos durch die getönte Schaufensterscheibe hinaus und können von hier drinnen das bunte hektische Treiben auf der 42nd Street beobachten. Sind sie ein Teil des Kunstprojekts?

Früher war die 42nd Street die Hochburg der Prostitution und der Kriminalität. Heute ist der Stadtteil durch die Säuberungsaktionen der letzten Bürgermeister zu dem weltweit bekannten Theaterdistrikt Broadway verwandelt worden, der nun durch ein anderes Klientel bevölkert wird.

Wir entdecken eine Tür, die zu einem fensterlosen, abgedunkelten Raum führt. Ich versuche vergebens, die mit Münzen zu betätigenden Kämmerchen zu finden, die nach Bezahlung das Verbotene liefern. So stelle ich mir das in meiner Unwissenheit vor. Aber keine leicht bekleideten Mädchen verführen hier.

Tische, vollgestapelt mit Büchern, sind im Raum verteilt. Bücher sollen zum Lesen anregen. Nun fühle ich mich sichtlich wohler. Ich gehe auf einen Tisch zu, nehme einige Exemplare in die Hände, blättere durch und lese ein paar Zeilen. Das erste Buch, das ich ergreife, ist eine Bibel. Das zweite Buch in meiner Hand ist eine Bibel, das dritte ebenfalls und zu meinem Erstaunen auch das vierte. Durch das Zimmer und über die Tische blickend, entdecke ich, dass hier nur die Heilige Schrift vertreten ist. Bibeln, nichts als Bibeln!

Nun verstehe ich auch die gelangweilten Kindergesichter vor dem Eingang.

Uli ist inzwischen verschwunden, also trete ich auch meinen Rückweg an. Im Vorraum will ich mich noch ein Weilchen auf der Bank ausruhen, um über die Bibeln nachzudenken. Ich betrachte durch das Schaufenster das lebhafte Geschehen auf der Straße.

Menschen hasten vorbei. Sie haben es eilig. Schauen nicht nach links, schauen nicht nach rechts. Die Nachmittagsvorstellungen der Theater beginnen und ein jeder will rechtzeitig auf seinem Platz sitzen, bevor das freudig erwartete Spektakel beginnt: Les Miserable, Miss Saigon, Cats und Phantom der Oper werden aufgeführt.

Ich entdecke Uli draußen vor dem Schaufenster. Das habe ich mir schon fast gedacht. Kindheitserinnerungen wurden bei ihm wach, als er die Bibeln sah, und nun ist er aus den Räumen geflüchtet. Verlieren sollten wir uns nicht mitten in der Stadt. Ich winke ihm zu, um wieder mit den Händen zu signalisieren, dass ich noch ein wenig verweilen möchte. Komm' rein. Setz dich zu mir, winke ich ihm zu. Uli reagiert nicht. Warum sieht er mich nicht? Er steht direkt vor der Scheibe, schaut hinein und durch mich hindurch. Er sieht mich nicht. Ich wedle mit den Händen. Er blickt starr durch das Fenster. Ein Erkennen kann ich nicht in seinen Augen finden. Gerne würde ich meinen Füßen etwas Erholung gönnen, stehe dann doch auf und tauche wieder in die Geräuschkulisse der Stadt ein, um Uli anzumeckern:

»Hast du mich nicht gesehen? Ich wollte noch ein wenig ausruhen.«

Er schaut mich verständnislos an und begreift nicht, was ich will. Da entdecke ich, was ich vergessen hatte: Die Schaufensterscheibe ist ja einseitig verspiegelt. Von der Straße aus sieht niemand, wer hinter der Scheibe hinaus schaut. Werden die Blicke da ungenierter?

»Sehen - aber nicht gesehen werden!«, hatte die Künstlerin gesagt.

Hier kann man unbeobachtet andere beobachten, anonym bleiben in einer Stadt, die Millionen von Einwohner ihr eigen nennt. Das ist wie eine Peep Show. Ich rede und rede, versuche meine gewonnene Erkenntnis über das Angel Project zu interpretieren. Uli meint nur:

»Das Fenster ist einseitig verspiegelt, da gibt es nichts zu wundern.« Er lässt sich nicht so richtig auf das Kunstprojekt ein, finde ich ein bisschen ärgerlich. Aber - wir sollen ja schweigend beobachten.

Wir gehen in Richtung Times Square zur nächsten Installation. Auf einer kleinen Verkehrsinsel mitten im Chaos des Times Square stehen wir und entdecken in der Menschenmenge zunächst nichts, was auf das Kunstprojekt schließen könnte. Japanische Touristen kreisen uns ein. Aufgeregt plappernd fotografieren sie in der Menschenmenge alles, was ihnen wichtig, kurios oder schön erscheint.

Eine Jugendgruppe, die bestimmt die Vorstellung »König der Löwen« sehen will, drängelt zum Theater.
Plötzlich stehen, wie aus dem Nichts kommend, zwei Non-

nen neben uns. Gehören sie vielleicht zum Angel Project? Wir folgen ihren Blicken und entdecken den »Naked Cowboy«.

Zur Unterhaltung der Touristen steht er tagtäglich auf dem Times Square mit einer weißen Unterhose bekleidet, groß, stolz von der Sonne oder dem Sonnenstudio gebräunt mitten auf dem Platz und singt dort zu seinem Gitarrenspiel. Dass das prüde Amerika dies zulässt, wundert mich. Doch in New York ist wohl alles möglich. Die Stadt bietet Platz für jeden.

Damen, die Nachmittags ins Theater gehen, lassen sich gerne mit ihm fotografieren. Er hat nichts dagegen. Im Gegenteil! Er sonnt sich in der Aufmerksamkeit, die ihm entgegen gebracht wird.

Auch mit dem jungen Mann, der enge Lederhosen, Glatze und Ohrringe trägt, lässt er sich bereitwillig ablichten. Er lächelt mit seinen superweißen Zähnen, als ihm der Junge seinen tätowierten Arm um die muskelbepackten Schultern legt.

Die Nonnen an unserer Seite, gesittet mit hochgeschlossener Kleidung, stehen hier deplatziert herum und plappern Unverständliches vor sich hin. Keiner bemerkt sie in der Menschenmenge. Wir beobachten unsere Umgebung genau.

»Die gehören zur Installation.«, bestimmt Uli, »oder hast du schon mal so hübsche, junge Nonnen gesehen? Das sind Schauspielerinnen, bezahlt von der Künstlerin, hier auf den Platz gestellt. Es sieht nämlich nicht so aus, als wollten sie das Wort Gottes verkünden.«

Ein junger Mann sinkt mitten auf dem Weg vor seiner Begleiterin auf die Knie, nestelt ein kleines Kästchen aus der Hosentasche hervor, öffnet es und hält mit dem funkelten Ring, der zum Vorschein kommt, um ihre Hand an. Freudige Umarmungen folgen. Touristen, die es schick finden, sich auf dem Times Square zu verloben, Kunstaktion oder alles nur Theater?

Schnell blättere ich durch die Broschüre, um den nächsten Ort zu finden, den wir besuchen sollen. Diesen entdecken wir, als wir uns um einhundertachtzig Grad drehen, mit folgender Adresse: **1 Times Square.**

»Das gibt es nicht.«, freue ich mich, »dürfen wir tatsächlich in dieses alljährlich gefeierte Gebäude hinein?«

Jedes Jahr zu Silvester bewegt sich seit 1907 eine Kristallkugel, angefertigt von Swarovski, auf Knopfdruck des Bürgermeisters sechzig Sekunden vor Mitternacht zum Count Down des alten Jahres langsam nach unten.
Tausende Augenpaare verfolgen dieses Geschehen, das mit lautem Getöse beklatscht und gefeiert wird. Die Partystimmung, abgesperrt vom Times Square bis zum Central Park, streng von berittener Polizei bewacht, bedarf keiner alkoholischen Getränke. Punkt null Uhr begrüßt Manhattan das neue Jahr mit Feuerwerk, das den Himmel über der Stadt kunterbunt erleuchten lässt.

Jetzt, mitten im Sommer, dampft dort oben eine große Tasse, deren Inhalt Heißes vortäuschen soll: die Neonreklame einer Tütensuppe.

Wir umrunden das nur fünfundzwanzig Stockwerk hohe Gebäude, suchen nach dem Eingang und finden einen Wachposten. Gefährlich sieht er aus mit seiner dunklen Uniform, finster blickend, die Mütze tief ins Gesicht gezogen. Hängt da nicht auch ein Schlagstock rechts am Gürtel, in den er die Daumen beider Hände eingehakt hat? Vorsichtshalber zücken wir unsere Angel Project Broschüre, um unser Dasein zu rechtfertigen und bewegen uns langsam auf ihn zu. Unerwartet bereitwillig tritt er zur Seite und gibt uns den

Eingang frei. Das war einfach. »Aufzug hinten links, dreizehnter Stock.«, ruft er uns nach.

Der Lift gleitet nicht sanft schwebend wie der im Glaspalast, nein, schwerfällig ächzend rumpelt er langsam Stockwerk für Stockwerk für Stockwerk nach oben. Hoffentlich bleiben wir nicht stecken, ist mein einziger Gedanke bei dieser Fahrt.

In einem kleinen Vorraum, in dem wir nun erleichtert stehen, erwartet uns mit einem Plakat an der Wand »Take off your shoes, please« die nächste Überraschung. Ich löse die Schnürsenkel meiner Schuhe und auf Socken mit den Schuhen in der Hand laufe ich los. In den nächsten paar Minuten bewegen wir uns auf knirschenden Sandwolken. Von Wand zu Wand, von der Tür bis zur Fensterfront ist der Boden ausgefüllt mit weißem Sand, in dem kreuz und quer verteilt weiße Plastiklilien stecken.

Auf Zehenspitzen umrunde ich die Blumen, ein Zickzack-Muster hinterlassend. Eine interessante Aussicht auf den Theaterdistrikt verspreche ich mir und gehe direkt auf die Fenster zu. Und tatsächlich, sie geben mir unter meinen Füßen den Blick auf das scheinbar unkontrollierte Verkehrschaos frei, dort, wo sich der Broadway, die 7th Avenue und 42nd Street kreuzen.

Ich schrecke auf, als hier oben direkt vor meinen Augen etwa ein Dutzend Tauben aufgeregt an den Fenstern vorbeiflattern und der künstlich erzeugte Dampf der Tütensuppenreklame plötzlich meine Sicht komplett vernebelt. Himmel, Wolken, Engel, Dampf, Flügel, Federn und Vögel schwirren in meinem Kopf herum.

»Ständig werde ich abwechselnd von himmlischen und irdischen Eindrücken überschüttet.«, flüstere ich Uli zu. Er beklagt sich über Sand in den Socken. Am anderen Ende des Raumes stehen Eimer, Wasser und Handtücher zum Füße waschen bereit. Wie praktisch!

Auf der Suche nach den Aufzügen kommen wir an leeren Büros vorbei. Ein Durcheinander von kaputten Möbeln, desolaten Computern und herausgerissenen Telefonapparaten zeugen von funktionslosen und verlassenen Räumen.

Ein schwarzer Ordnungshüter sitzt regungslos auf einem Stuhl und bewacht das Chaos. Ich sehe zersplitterte Leuchtstoffröhren und Spinnen, die in allen Ecken ihre Netzen weben. Wir fühlen uns nicht mehr wohl und wollen gehen.

Doch wo sind die Aufzüge? Im dunklen Flur stolpern wir fast über ein junges, sehr leicht bekleidetes Pärchen, das unter einem Apfelbaum aus Pappmaché liegt. Die beiden sind eng umschlungen und mit sich selbst beschäftigt. Verkörpern sie etwa Adam und Eva?

Die Stimmung ändert sich schleichend. In der Verästelung der Gänge steht in einer dunklen Ecke ein verwirrt aussehender Mann mit verbundenen Augen und Krückstock. Zwei düstere Gestalten begegnen uns auf der dreckigen Treppe. Sie starren uns aggressiv an. Wo ist der Aufzug? In diesem Labyrinth finden wir ihn nicht. Ich will hier raus.

Das Haus ist in einem desolaten Zustand. Auf der rostigen, wackeligen Treppe, die unser Gewicht auf ihren Stufen nicht ertragen kann, steigen wir vorsichtig hinunter, streben dem Ausgang zu und lassen uns aus diesem Ort vertreiben, wie Adam und Eva aus dem Paradies.

Graffiti begleitet uns an den schmuddeligen Wänden auf dem Weg abwärts. Einer der Sprüche weist auf das Angel Project hin: »Angels, it is said, are often unsure whether they pass among the living or the dead.« Ich rätsle über diesen Spruch nach, bis wir das Gebäude verlassen haben.

Froh darüber kehren wir in das sichere Weltliche zurück. Unseren Hunger wollen wir stillen und nehmen uns vor, japanisch essen zu gehen. Bei Sushi und Sashimi erholen wir uns von dem bisher Erlebten.

Noch fehlen uns die Worte, um sprechen zu können. Die vielen, unterschiedlichen Eindrücke beschäftigen mich mehr als Uli. Einsamkeit, Armut, Zerstörung, Reichtum, Biblisches, Kitschiges und vielleicht auch die katastrophale Vorstellungen von einem Leben danach, verbindet die Künstlerin mit dem vibrierenden Leben, der Schönheit und dem Luxus einer gigantischen Millionenstadt.

Fast zwei Jahre nach dem Attentat auf die USA am 11. September 2001, das weltweit Betroffenheit auslöste, war es für die Künstlerin naheliegend, ihr Angel Project in New York zu verwirklichen. Vielleicht verarbeitet sie den unerwarteten, unbegreiflichen, unfassbaren Anschlag auf das World

Trade Center in ihrer Kunst, um die Verletzbarkeit der Stadt zu zeigen? Wir wissen es nicht.

Die unterschiedlichen Orte der Installationen aufzusuchen, finden wir einstimmig großartig. Selten hat jemand die Gelegenheit so tief in das Innere von Manhattan einzudringen. Die Stadt mit anderen Augen zu sehen, ist ein wertvolles Erlebnis für uns, das zum Nachdenken anregt. Touristen, die die Oberfläche der Stadt ankratzen, ins Theater gehen, einkaufen oder in einem der vielen Restaurants essen, bekommen diese verborgenen Seite der Stadt nicht zu Gesicht.

Die Neugier treibt uns weiter. Wir suchen das Liberty Theater auf der 234 West 42nd Street zwischen Broadway und der 8th Avenue, wo ebenfalls eine Installation zu finden ist. Doch zunächst können wir das Theater nicht entdecken. Menschenmassen drängen sich, genau an der Adresse, zu Madame Tussaud Wachsfiguren Kabinett hinein. Wir werden ein Stück mit ihnen mit geschoben und hinein gezogen und landen mitten in einer kleinen Shopping Mall.

Hinter dem Souvenir Shop, der Baseballkappen, Tassen mit Bildern von der Statue of Liberty und I Love New York-T-Shirts anbietet, stoßen wir zufällig auf den Eingang des Theaters, dessen ursprüngliche Fassade bei den großzügigen Umbauten des Wachsfigurenkabinetts von Madame einfach geschluckt wurde.

Verlassene, zerfallene Kulissen und der nicht mehr bestuhlte Zuschauerraum führen uns zur Bühne, auf der heute ein nie zuvor gesehenes Theaterstück gezeigt wird.

Vier schwarze Engel mit mächtigen schwarzen Flügeln stehen einfach nur da. Regungslos. Hoch betagte Männer mit Bärten, die meine Oma früher als Rauschebärte bezeichnet hatte, sitzen wie versteinert in sich versunken auf dem Bühnenrand. An einer mit Stuck verzierten Säule lehnt müde, man spürt Trauer von ihrem faltigem Gesicht ausgehen, die wohl älteste Schauspielerin, die ich je erleben durfte.

Wir finden zwei einzelne Stühle am Rande des Zuschauerraums, setzen uns und schauen dem Schweigen zu.

Warten. Beobachten. Lauschen.

Keine gesprochenen Worte, keine Melodien und kein schauspielerisches Handeln beleben hier die Bühne. In diesem Stück herrscht bis auf das Geräusch von eintretenden Besuchern eine bedrückende, lähmende Stille.

Am Bühnenende führt ein weit geöffnetes Tor zu einer Laderampe, wo einst die Kulissen vom Hinterhof angeliefert wurden. Heute lässt das Tor diffuse Sonnenstrahlen auf die Bühne fallen. Sie beleuchten die bizarre Szene der Sprachlosigkeit und Trauer.

Bedrückt schleichen wir davon und durchstöbern die hinteren Räume des Theaters. Altes verstaubtes Mobiliar verstellt die Gänge. Blinde Spiegel mit abgeblätterten Goldrändern, fadenscheinige Samtvorhänge, Kronleuchter, bei denen zum Teil die Kristalle fehlen, zeugen von einer glanzvolleren Zeit, die das schöne alte Schauspielhaus früher einmal unter dem Applaus der Zuschauer erlebt hatte.

Wir verbringen noch ein wenig Zeit in dem maroden Gemäuer und bestaunen die vergangene Pracht. Plakate, die auf einst vorgeführte Dramen, Musicals oder Komödien hinweisen, suchen wir vergebens und Ankündigungen, welche Schauspieler hier das Vergnügen hatten, in der Vergangenheit zu agieren, können wir leider auch nirgends entdecken.

Ein Blick in die Angel Project Broschüre kündigt nun die Endstation unserer Reise an. Zuerst soll uns die Subway Nummer 7 vom Times Square zur Grand Central Station bringen. Wir verlassen das Theater und laufen ins Freie. Die Sonne beleuchtet hinter Schäfchenwolken hindurch hier und da die Stadt etwas mystisch, passend zu der letzten Installation, finde ich.

Wir steigen hinab in die Unterwelt der Subway. In den Sitzreihen im Waggon schaue ich mir ganz genau die Menschen an. Sitzen hier von der Künstlerin versteckte Engel, die man nicht als solche wahrnimmt?

Ist die alte Dame, die mit ihren silbernen Haaren so würdig ausschaut, ein solches Himmelswesen oder gar der junge Mann mit den Kopfhörern, der sich mit der Musik im Takt bewegt? Kann ich mir den miefenden Obdachlosen auf dem gegenüber liegenden Sitz mit all dem Ramsch, den er in seinen schwarzen Plastiktüten herumschleppt, als Engel vorstellen? Jeder von ihnen könnte ein Engel sein.

Ich stelle fest, dass sich das Angel Project in meine Gedanken geschlichen hat und ich dadurch die Menschen um mich herum mit anderen Augen betrachte. Heute Morgen beim Antritt unserer Reise hielt ich nach Verrückten Ausschau und jetzt suche ich nach Engeln. Was zeichnet Engel aus?

Als ich Uli meine Gedanken mitteile, lacht er nur. Wir sind in der Grand Central Station angekommen, dem Bahnhof mitten in Manhattan.

Die Schalterhalle ist wie immer busy. Jeder hat es eilig. Jeder muss irgendwo hin. Jeder ist in dieser Stadt ein VIP. Es wird gedrängelt, geschubst, gerempelt, geschoben. Ich fühle einen Koffer in der Kniekehle, jemand stößt gegen meine Schulter. »Sorry!« Ich passe meine Schritte der Geschwindigkeit an und schlängle mich so wie dies von einem Wiesel behauptet wird durch die Reisenden.

Grand Central:

Auf Betreiben der ehemaligen First Lady Jaqueline Kennedy wurde die kunstvoll verzierte Decke der Wartehalle vom Jahrzehnte lang abgelagerten Ruß der Dampfloks befreit. In dem wieder hergestellten Türkis erstrahlt in neuer Pracht die sanierten Sternbilder. Weihnachtsmelodien erklingen in der Halle im Dezember. Der Sternenhimmel wird zur Weihnachtszeit beleuchtet und in zwanzig Minuten Abstand blinkt er harmonisch während einer Light Show, begleitet von den Aahs und Oohs der Touristen.

Zur Bahnhofsstation gehören neben einem Wartesaal und kleinen Imbissständen in der Seitenhalle ein gut sortierter Delikatessenmarkt: Obst und Gemüse, Fisch in Sushi-Qualität, französische Torten, knuspriges Baguette und duftendes Vollkornbrot, dessen Geruch an die Heimat erinnert. Gewürze aus aller Welt, Tees, verschiedenen Kaffeesorten, die Bohnen zum Mahlen bereit, ein Sortiment deutscher Wurstwaren, frisch geschnitten zum Verkauf.

Alles, was das Herz begehrt und außerhalb von Manhattan in den großen Supermärkten der »Suburbs« nicht zu finden ist, wird hier appetitlich angeboten.

Schnell besorgen wir uns den köstlichen Schinken am Stand des Metzgers aus Lübeck. Ist noch Zeit für ein kurzes Schwätzchen mit der Aushilfe?

»Ich erkenne es am Dialekt. Sie haben doch in der Nähe von Stuttgart gewohnt?«

»Ich habe in Ludwigsburg gearbeitet. Kennen Sie den Optikerladen in der Nähe des Bahnhofs?«

»So ein Zufall, da ließ sich meine Mutter ihre Brille anpassen. Sie wohnt in Tamm.«

»In Tamm? Kennen Sie da zufällig Familie A?«

»Das gibt es nicht, das sind unsere Nachbarn.«

»Wissen Sie, wie es Kurt dem Sohn geht? Ich ging mit ihm in die Schule.«

»Ja, der lebt schon seit ein paar Jahren in Spanien.«

Wir verabschieden uns. Kaum zu glauben, wie eng unsere Welt zusammen gerückt ist. Tausende Kilometer von der Heimat weg, trifft man in New York Landsleute. Einige Stände weiter wandert noch ein französische Stangenbrot und eines der himmlisch aussehenden Obsttörtchen von der Patisserie in unsere Tasche und dann verlassen wir diesen Delikatessentempel.

Flink huschen wir zwischen den Autos hindurch über die Lexington Avenue hinweg. Wildes Hupen verfolgt uns, aber die Ampel am Fußgängerüberweg liegt für unsere inzwischen müde gewordenen Füße viel zu weit weg. Ob wir einen Schutzengel haben, frage ich mich, denn heil kommen wir auf der anderen Straßenseite an.

Unsere Köpfe sind nach hinten gebeugt, die Nasen in die Luft gestreckt. Wir blicken steil nach oben in den Himmel. Das Chrysler Building vor uns scheint geradewegs da hinein wachsen zu wollen. Es ist benannt nach dem Autohersteller, der auch der Bauherr war.

Der Abschluss des Angel Project findet hier im Chrysler Building in der 63. Etage statt. Die Fahrt nach oben will nicht enden. Der Druck auf den Ohren nimmt zu, auch unsere Vorfreude. In solch einer Höhe waren wir noch nie.

Endlich öffnet sich die Himmelspforte und ich vergesse den Druck auf meinen Ohren.

In schwindelnder Höhe stehen wir dem nicht enden wollenden, strahlend blauen Himmel zum Greifen nah. Wir blicken in die Unendlichkeit und genießen die Atmosphäre in der Lobby wie auf einer »himmlischen Aussichtsplattform«. Ein freundlicher Concierge bittet uns einzutreten.

Das Chrysler Building ist wohl der schönste Wolkenkratzer, der in New York im Art dèco Stil gebaut und 1930 fertiggestellt wurde.

Nur elf Monate lang war es das höchste Gebäude der Welt, dann übernahm das Empire State Building diesen Titel. Da-

nach ging der Wettlauf um die Höhenrekorde weltweit weiter.
Charakteristisch ist das aus rostfreiem Krupp Stahl, sechs Etagen hohe, spitz zulaufende Dach, das in einer sechsundfünfzig Meter hohen Spitze endet. Gargoyles, wasserspeiende Fantasiewesen, die aus verchromten Autoteilen angefertigt sind, sitzen außen am Gebäude. Die Rundbögen des Daches, fächerförmig aus Nirostastahl gebaut, sehen bei Tag wie glänzende Sonnenstrahlen aus. Bei Dunkelheit sind sie beleuchtet und damit ein Highlight in der nächtlichen Kulisse von Manhattan!

Die Fenster der deckenhohen Glasfronten sind, was für Manhattan wegen der Absturzgefahr außergewöhnlich ist, ganz weit geöffnet. Eine sanfter Windhauch weht zu uns herüber und zieht uns zu der gespannt erwarteten Aussicht hin.

In etwa dreihundert Meter Höhe stehend, mich an Uli festhaltend und nach unten in die Miniaturwelt der Lexington Avenue blickend, fühle ich mich der Wirklichkeit entrückt.

Magisch richten sich meine Augen in die Ferne. Der Ausblick über New York City, bis zu dem im Horizont endenden Meer, ist aufregend schön und lässt mich fast das Atmen vergessen.

Von hier aus sind die Umrisse von Manhattan zu erkennen. Abgegrenzt und umspült von dem Wasser des Hudson River im Westen, den Wellen des Atlantiks im Süden, dem East River im Osten und dem Harlem River im Norden, wird deutlich, dass wir auf einer Insel leben.
Von allen Seiten geben zahlreiche Brücken den Weg auf das schmale, einundzwanzig Kilometer lange Eiland frei.

Ich bin überwältig von der Aussicht, bemerke die große, klaffende Lücke zwischen der restlich heil gebliebenen Nachbarschaft in Ground Zero, suche und finde die Statue of Liberty im Hafen von New York. Wie klein sie von hier oben ausschaut!

Ich kann weit bis nach New Jersey blicken, sehe die Flugzeuge in Queens von La Guardia an- und abfliegen und entdecke auch den Ausgangspunkt unserer Engelsreise auf Roosevelt Island, dort, wo gerade das kleine Elektroauto mit einem Gast zur Südspitze fährt.

Wir folgen warmen, weichen Celloklängen. Klassische Musik erfüllt leise den Raum, und – da entdecken wir sie:

Angels over Manhattan

Auf dem Boden, auf den Stühlen, auf den Tischen auf den Fensterbänken, überall im Raum verteilt, liegen, sitzen und stehen Engel, so wie man sich auf kindliche Weise erwachsene Engel vorstellt: Muskulöse, hellhäutige makellose Körper, bleiche Gesichter, klassische griechische Profile, seidiges, weiß gewelltes Haar bis auf die Schultern. Mächtige weiße Flügel zieren die Rücken der Himmelswesen. Diese anmutige, außerirdisch wirkende Geschöpfe lassen mich die Realität vergessen.
Zum Abschluss werde ich von einem Schauspiel aus purer Schönheit und Harmonie verzaubert, sodass es mich fast schwindeln lässt. Dies ist der Höhepunkt des Angel Project!

Ich lausche der himmlischen Musik, fühle den sanften, kühlen Wind auf meinem Gesicht. Manhattan liegt unter einem tiefblauem Himmel und ich bewege mich mitten unter Engeln. Ich werde in eine fantastische Traumwelt hinein gezogen.

Diesen Augenblick möchte ich anhalten und verewigen. Ich ziehe meine Kamera hervor und setze zum Fotografieren an. Doch der Concierge eilt herbei und ruft: »Fotografieren verboten!« Und damit bin ich wieder in der Wirklichkeit angekommen.

Ich werfe noch einen letzten Blick auf die Engel? Schauspieler? Dann löse ich mich von den herrlichen An- und Ausblicken, der Einzigartigkeit des Angel Project. Uli und ich suchen den Weg zum Aufzug und verlassen die inszenierte Welt der Engel.

Auf unserer Fahrt nach unten und emotional wieder down to earth angelangt, freuen wir uns auf ein weltliches Vergnügen: Das leckere Törtchen in unserer Tasche.

Nur fünf Blocks müssen wir laufen und dann sind wir zu Hause. Hinter unserem Townhouse, in dem kleinen Garten, wo ein weißblühender Hartriegel wie ein Schirm das Gärtchen beschattet, wollen wir uns ausruhen und bei Kaffee und Kuchen einen himmlischen Tag zu Ende gehen lassen.

Das Angel Project -

Wir wurden in eine uns unbekannte Welt entführt. Mit uns und unseren Gefühlen wurde gespielt wie in einem Theaterstück und alle Teilnehmer, auch wir die Besucher waren die Akteure.

Zuhause

In Manhattan, hier in Midtown East, verbringen wir mit der Familie herrliche Jahre, glückliche Zeiten, obwohl das alte Haus viel Pflege braucht.

Im Keller sind die Holzbalken, die das Erdgeschoss tragen, von Termiten befallen. Das Holz muss mehrmals von Fachleuten mit Insektenschutzmitteln behandelt werden.

Unser Dach ist nicht nur einmal undicht. Der Dachdecker findet nie die Stelle, die es bei Starkregen zulässt, dass sich das Wasser einen Weg zu uns ins Schlafzimmer bahnt. Von der Decke aus tropft es direkt neben meinem Bett am Kopf- und auch am Fußende vorbei auf den Parkettboden.

Eines Tages ist die Dusche im Gästezimmer undicht. Das Wasser läuft durch die wunderschöne Stuckdecke ins Wohnzimmer. Schicht für Schicht muss der Stuck neu aufgebaut und das Bad neu gefliest werden.

Die Heizung versagt. Am Ostersonntag 2003 ist die 49th Street für den Verkehr gesperrt. Ein Kran wird vor unserem Haus aufgebaut, der die Heizungsanlage von außen die fünf Etagen hinauf auf unser Dach hievt.

Die Nachbarn beschweren sich.
Die Polizei erscheint.
Ist der Umbau der Küche legal?
Oder – klettern Kinder auf dem Dach herum?

Musik?

Uli und ich kommen von einem Sinfonie-Konzert zurück. Schon von weiten hören wir laute Punk-Musik auf der Straße erschallen. Robin und seine Punker-Freunde spielen bei uns auf dem Balkon Musik. Laut und grässlich – finde ich. Doch ich bin froh, dass er und seine Freunde von der Band »New York Ass Holes« bei mir im Haus sind und sich nicht auf der Straße herumtreiben.

Da es ihnen in dieser Hochsommernacht zu heiß wurde, schleppten sie ihre Musikinstrumente ins Freie auf unsere Terrasse und nun dröhnt der Punkrock bis zur Straßenecke, wo die Passanten stehen bleiben und sich wundern. Ich erkenne diese Klänge und renne.

Zum Glück können wir das Haus durch eine Air-Co abkühlen. Die NYAHs räumen ihre Instrumente in Robins Zimmer, schließen die Tür und eine wunderbare Ruhe ist in der Nachbarschaft eingekehrt.

Als die Jungs das erste Mal zu uns kamen, hatte ich ein wenig Bedenken, vielleicht auch ein bisschen Angst vor den kräftigen, düsteren Gestalten. Sie sahen zum Fürchten aus: Tattoos am Körper, Piercings im Gesicht, Irokesenfrisur, schwarze Lederklamotten. Aber sie liefen gut gelaunt und durchaus freundlich im ganzen Haus herum und meinten zu mir: »Mrs. Grau, your home is really beautiful.«

In seiner vierten Etage verbarrikadiert, sah ich Robin selten. Bis ich entdecken musste, dass sein Zimmer nach einer Party an allen Wänden mit Graffiti besprüht war.

Als seine Punk-Phase vorbei war, fingen Robin und ich an, die Wände zu grundieren und anschließend zu streichen. Wir brauchten mehrere Tage und bestimmt fünf Lagen weiße Farbanstriche, bis die Wände wieder weiß waren und die schwarz-roten Schriftzüge nicht mehr zu sehen waren.

Robin spielte danach Pop Musik mit Schulfreunden in der Schulband und in unserem Haus hörten wir von nun an die kreischenden Gitarrenklänge von Nate, das laute Trommeln des Schlagzeugs von Robin und den schrägen Gesang von Luke und den **New York Monkeys.**

Sieben wunderbare Jahre haben wir mit der Familie im town house in Midtown East gewohnt. Jetzt ziehen die Kinder aus und es wird stiller bei uns in der Leere der fünf Stockwerke.

Long Island City

Catherine, Jennifer, ihr Freund Max, der ein Jahr lang bei uns wohnte, nachdem sein Vater gestorben war, suchen zusammen eine Wohnung.

Wir stehen in Long Island City, Queens vor dem Gebäude, in dem sie ein Apartment im zweiten Obergeschoss besichtigen wollen und warten zwanzig Minuten auf den Makler. Er kommt zu spät. Die Subway rattert ohrenbetäubend alle zwei Minuten pünktlich über uns hinweg.

Im Railway-Apartment liegen alle Zimmer hintereinander gereiht auf einer Etage. Fenster sind nur in den Fassaden, vorne mit Blick direkt auf die Subway in Augenhöhe mit dem Schaffner. Auf der gegenüber liegenden Seite der

Wohnung bieten die Fenster einen Blick auf das »Graffiti-Haus«. Ich frage meine Töchter. Wollt ihr hier wirklich einziehen? Einstimmige Antwort: »Ja! Hier wollen wir wohnen.

Die Aussicht gefällt uns. An die Subway werden wir uns gewöhnen.«

Das Graffiti-Haus oder das 5-POINTZ-Haus darf von außen alle drei Monate von Graffiti-Künstlern neu bemalt werden. Ein Fest für die ganze Nachbarschaft. Das Innenleben

des Hauses wird allerdings vertuscht.

Wir sind neugierig und klettern an einem Vormittag heimlich die Treppe hoch, betreten unerlaubter Weise das

Gebäude. Alle Türen sind verschlossen. Im Flur schauen wir an einer Tür durch das Schlüsselloch und entdecken einen großen Raum, der gefüllt ist mit Nähmaschinen, an denen Immigranten sitzen und nähen. Ein verborgener Sweat-Shop. Auch das ist New York!

Heute existiert das alles nicht mehr. Das Areal rund um das Graffiti-Haus wurde abgerissen und durch Hochhäuser mit legalen Mietern ersetzt.

Long Island City, früher ein Industriegebiet, wurde zuerst von Künstlern und dann von jungen Familien entdeckt. Danach entstanden Supermärkte, Schulen und Kindergärten. Die Mietpreise sind in LIC günstiger, man ist nur einen Subway Stopp von Manhattan entfernt und hat einen sensationellen Blick über den East River hinweg auf die Skyline von Manhattan.

Robin packt ebenfalls seine Koffer und zieht mit einem Studienfreund auch nach LIC in das gefragte Wohnviertel, in dem jährlich in der ersten Novemberwoche der NYC-Marathon entlang kommt.

Wir wohnen jetzt in Manhattan auf fünf Etagen nur zu zweit und mit einer Katze! Der Wohnraum ist uns ohne Kinder zu groß geworden.

Uli und ich begeben uns wieder einmal auf Wohnungssuche. Diesmal möchten wir uns verkleinern. Sollen wir das

Haus verkaufen und in Manhattan in eine kleine Stadtwohnung ziehen? Oder?

Eine andere Idee nistete sich in unseren Köpfen ein: Wie wäre es mit einer kleinen Wohnung in der Stadt und einem Ferienhäuschen im Grünen? Wenn ja: In den USA oder in Deutschland?

Auf der Suche

Geschäftlich und privat reisen wir viel. Wir sind oft in Europa und der Gedanke, in Deutschland einen Zweitwohnsitz zu besitzen, gefällt uns immer besser. Die Kinder sind aus dem großen Haus ausgezogen. Wir fühlen uns darin wie in zu großen Schuhen. Es passt uns nicht mehr.

Aus New York wollen wir noch nicht wegziehen, da unser Leben in Manhattan interessant und unbeschwert ist. Nie hat uns die Hektik der Stadt gestört. Trotz des Attentats auf die Türme des World Trade Center am 11. September fühlen wir uns sicher.

Doch wie wird dies in zwanzig Jahren aussehen? Zieht es uns im Alter vielleicht aus der Stadt heraus und hinein in die beschauliche, ruhige Natur? Diese Frage stellen wir uns, nachdem wir fast ein Jahrzehnt in New York leben.

Wie wäre es mit einer Ferienwohnung auf dem Land? Natur bedeutet in den USA unendliche Weite, urwüchsige Wälder, reißende Flüsse, mächtige zerklüftete Gebirge, eingerahmt vom zahmen Atlantik, der exotischen Karibik und dem stürmischen Pazifik, wild, romantisch, aber auch einsam, weit weg von jeglicher Zivilisation.

Kein Bäcker, kein Metzger, kein Supermarkt, kein Café, kein Theater und keine Unterhaltung! Ist das zu viel Abgeschiedenheit für uns? Wir müssten uns ins Auto setzen, eine halbe Stunde fahren und dann wären wir in einer Shopping Mall gelandet. Egal, in welche Richtung man in dieser Autofahrernation fährt, nichts unterscheidet diese Orte im Westen von denen im Osten, denen in der Nähe oder von denen, die weiter weg liegen.

Im kunterbunten Europa aufgewachsen, haben wir die idyllischen Dörfer und beschaulichen Kleinstädte gut in Erinnerungen und lieb gewonnen. Einkaufsmöglichkeiten sind in nächster Nähe und man wohnt trotzdem mitten im Grünen. In einem Café zu sitzen, einfach nur den Tag in Beschaulichkeit und Gemütlichkeit genießen zu können, das würde uns gefallen.

Das fehlt uns manchmal in New York. Wir leben gern in New York, der Vielfalt wegen. Vielleicht zieht es uns ja auch nur in die Heimat zurück, weil wir uns dort tief in unserem Inneren geborgen fühlen - auch in der Sprache? Möchte ich wieder in die Heimat zurück, um das Vertraute zu finden?

Ein Grundstück zum Bebauen, ein Haus zum Umbauen, oder finden wir etwas Fertiges, etwas, das uns auf Anhieb gefällt? Überlegungen beginnen... Wo fangen wir mit der Suche an?

Wir lassen uns die Idee monatelang durch den Kopf gehen, diskutieren über Möglichkeiten, die wir haben und eines Tages starten wir mit der Suche im Internet.

Wo wollen wir wohnen? An der Nordsee? In Bayern? In einer Großstadt oder in einem Vorort? Das Bodenseegebiet gefällt uns. Nicht nur Wasser, Berge, ruhige, mittelalterliche Bilderbuchstädtchen, die Nähe zu Österreich und der

Schweiz sind für eine Ortswahl entscheidend, auch die Nähe zu unseren Eltern und Verwandten.

Eine Maklerin finden wir im Internet und ein Architektenehepaar kontaktieren wir, nachdem wir einen Artikel über ihre Häuser in einem Architekturmagazin gelesen hatten.

Im Frühjahr 2004 erreicht uns eine E-Mail von der Maklerin. Sie bietet uns ein Grundstück in Überlingen an. Der Bauplatz ist ein Teil eines ehemaligen 3400 qm großen Gartens, der zu einem Haus, das in einer schmalen Straße steht, gehört.

Der Verkäufer hat das ganze Areal von seinem Vater geerbt und teilt es zum Verkauf in drei unterschiedlich große

Baugrundstücke auf. Mit dem Erlös will der Eigentümer den Rest seines Lebens im sonnigen Spanien verbringen.

Der E-Mail von Frau B sind Fotos von Überlingen und der atemberaubenden Aussicht über den See angehängt.

Da fängt unser Herz schneller an zu schlagen und wir buchen einen Flug nach Deutschland. Der erste Schritt in unsere Zukunft ist getan.

310 East 53rd Street

Vierzehn Monate später. Unsere Suche nach einem Wohnsitz in Deutschland hat am Bodensee ein Ende gefunden.

Wir haben Mitte 2005 ein Grundstück mit altem Bestand gekauft.

In Manhattan verkaufen wir unser Stadthaus in der 49th Street und mieten in der Nachbarschaft vier Straßen weiter, ein helles, großzügiges Loft, das sich über zwei Etagen hinweg erstreckt.

Von hier aus beginnen wir mit unserem Architektenpaar mit der Bauplanung und fangen langsam an, über eine Rückkehr nach Deutschland nachzudenken - aber erst, wenn wir im Ruhestand sind. So ist unser Plan.

The Gates

Orangerot
glüht
der Stoff.
Ungezügelt
flattert
er im Wind.
Frei
für alle
unter dem blauem Himmel
im Park von Manhattan.
Die Gates –
ein Geschenk
an die New Yorker.
Keine Pflanze wird verletzt,
Eichhörnchen und Vögel werden nicht gestört,
abgebaut nach zehn Tagen
Danach
sind die Gates
nur noch Erinnerung.

Wir besuchen an manchen Sonntagen eine Vortragsreihe der New York Times: Prominente, Künstler und Politiker erzählen aus ihrem Leben.

Es ist spannend, in den Stuhlreihen zu sitzen und dem Vortrag: »Der Masterplan vom World Trade Center« von Architekt Liebeskind zu lauschen oder zuzuhören, wie Schauspielerinnen und Schauspieler von ihren neuesten Filmen berichten.

Heute stehen Jeanne-Claude und Christo** vor uns und berichten von ihrem Projekt im Central Park: **The Gates.** Sie erzählen, dass sie in den sechziger Jahren nach New York

gezogen sind und seitdem in ihrem Studio im Süden von Manhattan in der Howard Street an ihren Projekten arbeiten. »Wir machen alles gemeinsam. Wir haben sogar am gleichen Tag Geburtstag.«, lacht Christo und streicht über die flammend roten Locken von Jeanne-Claude.

Das Künstlerpaar berichtet von der Verhüllung des Deutschen Reichstags in Berlin, die wir übrigens dem Engagement von Rita Süßmuth zu verdanken haben.

Sie zeigen Fotos von den »Blauen Umbrellas«, die sie in Japan installiert hatten und von dem »Running Fence« in

USA und sie erzählen von ihren endlosen Diskussionen mit Politikern und Naturschützern, die ihre Installationen oft verhindern wollen.

Voller Stolz erzählen sie heute, dass sie nach jahrelanger Planung demnächst über 7500 Gates im Central Park installieren dürfen. Ihr Projekt **»The Gates«** finanzieren sie durch den Verkauf von Skizzen, Drucken und ihren Büchern. Auch wir haben einen Druck von den Gates und dem Reichstag gekauft.

Naturschützer, die sich bei der Planung um den Rasen, um die Bäume, um die Vögel und um die Eichhörnchen sorgten, können aufatmen, denn sorgfältig werden die Gates im Park aufgebaut. Christo beschädigt nichts durch seine Installationen, nicht den Rasen, nicht die Äste der Bäume.

Zur Eröffnung strömen im Februar 2005 die kunstbegeisterten New Yorker durch die orangefarbene Pracht. Den Eichhörnchen und den Vögeln gefällt es auch. Sie turnen auf den Gates herum. Menschen und Tiere können das Kunstwerk genießen.

Als wir im Central Park durch die Gates laufen, um sie zu bewundern, bekommen wir sogar ein Stückchen von dem orangefarbenen Stoff geschenkt, der übrigens in Deutschland hergestellt wurde.

Mein Handy

Wir reisen oft zwischen Überlingen und New York und ich bekomme ein Handy: Zum Vorzeigen, Vergessen, Verlegen, Verlieren, zum Suchen und zum Fotografieren.

Die wohlklingenden von mir auserwählten Töne benutze ich als Weckruf morgens. Ansonsten stört das Klingeln, das womöglich schlechte Nachrichten ankündigen könnte. In den dunklen Tiefen meiner Tasche suche ich zwischen Schlüssel und Einkaufszetteln den Störenfried. Ich taste und taste und zum wieder-holten Male halte ich meinen Geldbeutel in der Hand. Habe ich das Handy gefunden, hört es auf zu klingeln.

Ich sitze im Friseursalon. In dem Augenblick, in dem die Friseuse die Schere über den Augen zum Schneiden meiner Haare ansetzt, meldet sich die Schweiz mit klopfenden Tönen, dass auch sie über ein Funknetz verfügt. Das Klingeln stört mit seinen unterschiedlichen Melodien nicht nur in dem Verschönerungsinstitut. Nein, auch im Zug, im Kino, auf dem Amt oder in der Pizzeria.

In New York, im englischen Sprachraum heißt das Handy cell phone oder mobile phone. Da hat mir meine Tochter stolz vorgeführt, dass ihr cell phone sie seit neustem mit: »Halleluja« begrüßt, wenn ihr Freund mit ihr sprechen möchte. Das hat mir sehr imponiert. Seitdem lässt mein Handy, und da freue ich mich sehr darüber, ein von meinem

Sohn gesprochenes: »Mama, ich ruf dich an«, ertönen, wenn er dringend etwas von mir will. Sonst ruft er ja nicht an.

Am dezentesten finde ich den Ruf von Catherines mobile phone: »Psst – Psst!« Das ist nicht so praktisch. Dieses Geflüster hört sie kaum. Nimmt sie ausnahmsweise den Hörer ab, verläuft unser Gespräch so: »Catherine, verstehst du mich? Moment, ich geh' ans Fenster. Kannst Du mich jetzt hören? Hallo, hallo, can you hear me now?«

Wie wichtig die Elektronik für andere Menschen ist, hat mir jemand bei einem Telefonat erzählt. In Ghana sitzen die Männer auf den Bäumen und halten ihre Handys hoch in die Luft, um einen Empfang zu bekommen.

»Ist das jetzt ernst gemeint?«, frage ich.

»Ja, ja!«, sagt man mir, »das habe ich sofort mit meinem Smartphone fotografiert, soll ich dir das Foto auf dein Handy schicken?«

»Nein, mit meinem alten Ding funktioniert das nicht!« Eigentlich mag ich keine Handys, vor allem nicht, wenn sie Blackberry heißen, von dem die meisten keinen Blick abwenden können.

Doch als mein Handy bei einem Frauenwochenende uns mit der zarten Melodie weckt, murmelt zumindest eine meiner Freundinnen:

»Christine, lass es doch noch ein wenig läuten. Bei den schönen Klängen kann ich herrlich weiterschlafen!«

Das Planen und Bauen

unseres »Altersruhesitzes« am Bodensee verzögert sich unerwartet. Auch weil wir nicht vor Ort wohnen. Die Baustelle ist oft unbeaufsichtigt. Wir müssen pendeln.

Ulis Beruf bringt uns ab und zu nach Deutschland. Wir besuchen die Baustelle, verbringen dort einige Tage. Doch nach unseren Arbeitsurlauben am See, müssen wir wieder nach New York zurück.

Und: Leider läuft unser Zwei-Jahresmietvertrag des Lofts in Midtown, in der 53rd Street wegen Eigenbedarf ab. Unsere chinesische Vermieterin lässt nicht mit sich reden. Deswegen müssen wir Anfang 2009, bevor unser Zweitdomizil fertiggestellt ist, noch einmal in Manhattan umziehen.

Helden

Seit ein paar Jahren lebe ich in einem Land, das seine Helden in hohem Maße schätzt und verehrt. Die Menschen, die bei 9-11 starben sind Helden. Diejenigen, die halfen, sind ebenfalls Helden.

Auch alltägliche Helden finden Beachtung, werden sogar in den fünf Uhr Nachrichten lobend erwähnt:

Schüler Tom rettet in der Cafeteria den um Atem ringenden Schüler John durch das »Heimlich-Manöver«.

Mrs. Miller holt bei einem Wohnungsbrand die Katzen der Nachbarin aus dem Haus,

oder Mr. Brown findet eine Aktentasche, die im Taxi vergessen wurde. Er sucht den Besitzer und gibt die Tasche mitsamt dem Tausend Dollar Inhalt zurück.

Ich lese in den New Yorker Nachrichten, dass eine Neunzigjährige Frau, die älteste Krankenschwester in Amerika, immer noch ihren Dienst antritt, weil sie helfen möchte und dass ein Achtzigjähriger, der nicht untätig herum sitzen möchte, im Supermarkt die Einkäufe der Kunden in Papiertüten verpackt. Das sind die Helden des amerikanischen Alltags. Sie sind mit ihrem selbstverständlichen Pioniergeist einfach bewundernswert.

Soldaten, die ihr Heimatland verteidigten und dabei ihr Leben verloren, werden im Arlington-Friedhof in Washington mit Zapfenstreich beerdigt. Die sorgfältig gefaltete, amerikanische Flagge wird den Angehörigen feierlich überreicht: Das höchste Gut für die Hinterbliebenen.

Manche Heldentaten werden sogar verfilmt, wie das Flugzeugunglück in New York City.: Ein Schwarm kanadischer Wildgänse flog im Januar 2009 über dem Flughafen La Guardia in die Triebwerke eines startenden Flugzeugs hinein. Hoch in der Luft fielen dadurch alle Motoren aus. Kapitän Sully, wie der Held von New York seitdem liebevoll genannt wird, drehte die Maschine um neunzig Grad und landete das Flugzeug wie ein Segelflugzeug sicher auf der

»Wasser-Landebahn« des eiskalten Hudson River.

Mit diesem sensationellen, aber auch gefährlichen Manöver rettete er die Passagiere, die nach der Notlandung auf die Tragflächen des Flugzeugs flüchteten. Fahrerinnen und Fahrer der Fähren, die New York mit New Jersey verbinden, kamen zu Hilfe, fischten die Menschen aus dem

Wasser und brachten sie ohne jeglichen Schaden sicher an Land.

Dies geschah direkt vor dem Bürogebäude, in dem Uli arbeitet, wo man die vor sich hin dümpelnde Maschine wochenlang am Ufer beobachten konnte, bis sie geborgen wurde. Eine wahre Heldentat, die man in den USA feiert.

Helden sind Menschen, die spontan und mutig in Gefahrensituationen einschreiten und Großartiges leisten, um Leben zu retten.

Eine Heldin bin ich noch nie gewesen. Oder zählt es, wenn ich als Mutter meinen Dreijährigen auf den Arm nehme, bei zweiunddreißig Grad im Schatten vier Kilometer weit renne, um Robin mit seiner gebrochenen, blutenden Nase, die nach seinem Fahrradsturz schief im Gesicht sitzt, beim Kinderarzt abliefern zu können? Nach dem Verarzten steht Robin, ein weißer Verband quer über die wieder gerade-gebogene Nase mit einem Riesenlutscher vor mir und meint:

»Ich war bei dem Arzt, der keinem Kind wehtut!«

Als Mutter bin ich in dieser Situation über mich hinausgewachsen.

Bin ich eine Heldin oder nur unvorsichtig, wenn ich in der Subway an die Vernunft eines gewalttätigen African American plädiere? Er will Uli und Robin verprügeln, weil sich Uli beschwert: »Sie treten mir ständig auf die Füße, lassen Sie das!«

Diese Bemerkung gefällt dem jungen Mann überhaupt nicht. Wütend überreicht er die Pakete, die er trägt, seiner Begleiterin und befiehlt ihr zur Seite zu treten, was sie auch tut, krempelt die Ärmel seiner Jacke hoch, ballt seine Hände zu Fäusten, baut sich drohend vor Uli auf und schreit: »Eine einzige Bewegung von dir und ich vermöble dich. Ich hau dir auf die Nase.«

Wir bleiben wie angewurzelt stehen. Ich fange an zu zittern, bekomme Atemnot, mir wird heiß, mir wird kalt und am liebsten hätte ich mich in Luft aufgelöst.

Zuerst versucht Uli, ihn mit Worten zu beruhigen. Danach stellt sich Robin, der zwei Köpfe kleiner ist als der Angreifer, neben seinen Vater. Es nützt nichts. Der junge, große breitschultrige Schwarze will seine Stärke über die kleineren Weißen beweisen. Er will mit seinen Kräften spielen, seine Macht zeigen, seine Wut heraus prügeln. Er brüllt, dass er ein freier Amerikaner sei und dass er seine Rechte in diesem Land kenne. Er tänzelt wie ein Preisboxer im Gang des Waggons hin und her und ist bereit, mit erhobenen Fäusten, die sein Gesicht schützen, zuzuschlagen. Allerdings nicht als erster, das will er nicht. Er lauert, provoziert, droht.

Robin versucht verbal einzugreifen mit: »Schlag nicht meinen Vater, der ist doch viel älter als du!«

Der Angreifer wendet sich zu Robin: »Was willst du? Hey, beweg dich und ich verprügle dich an seiner Stelle!«

Mein Sohn wird einen Kopf größer. In seinen Augen sehe ich Wut aufblitzen über den sinnlosen, nicht gerechtfertigten Angriff auf seinen Vater. Auch er will nicht als Verlierer aus dieser Situation heraus gehen.

Jetzt habe ich Angst. Mein Magen verkrampft sich, mir ist übel. Doch unerwartet wachse ich über mich hinaus und trete mit klopfendem Herzen zwischen die drei Männer, versuche dem Angreifer ganz fest in die Augen zu schauen und sage mit leiser Stimme: »Dies ist sicher ein Missverständnis. Ich bin die Mutter, die Ehefrau und Sie wollen sicher nicht als großer, kräftiger junger Mann meinen älteren Mann oder meinen viel kleineren Sohn verprügeln?«

Er weicht meinem Blick aus, verwehrt mir den Augenkontakt, hüpft drohend in meine Richtung, zurück zu Robin und wieder zu mir. Dann wendet er sich provozierend meinem Sohn zu, der sich schützend vor mich stellt. Standhaft versuche ich die Augen des Angreifers zu finden, will in sie hinein schauen, will sein aggressives Handeln erklärt wissen.

Minuten vergehen. Er lässt es nicht zu, lässt es einfach nicht zu, dass ich etwas in seinen Augen erkennen kann. Er wendet den Blick ab. Ob er den suchenden Blick einer Mutter nicht erträgt? Und in dem Moment weiß ich, er wird nicht zuschlagen. Sekunden vergehen. Die Zeit ist auf unserer Seite, sie besänftigt und beruhigt uns alle.

In diesem Augenblick hält die Bahn an unserem Ziel dort, wo unsere Tochter wohnt und wir können unverletzt aussteigen und unser Angreifer kann mit erhobenem Gesicht weiterfahren.

Fast versagen meine Beine, die sich wie Watte anfühlen, als ich den festen Boden der Plattform unter meinen Füßen spüre. Das Eingreifen hat meinen ganzen Mut gefordert. Mein Mutterinstinkt handelt spontan und unüberlegt. Bin ich in diesem Fall doch eine Heldin gewesen, die Heldin meines Alltags?

In der Barclay Street

Wir hatten eigentlich nicht vor, nochmals in Manhattan umziehen.

Doch nun müssen wir wieder unsere Koffer packen und ziehen von Midtown East nach Downtown in ein dreißig Stockwerke hohes Gebäude, das zwischen dem Financial

District und Tribeca liegt. Ein Apartment in der 18. Etage direkt gegenüber der Baustelle des neuen World Trade Center ist unser neues Zuhause. Den Trubel des Wiederaufbaus erleben wir von hier aus hautnah.

Es hat eine Weile gedauert, bis sich die Stadt für einen Bebauungsplan des Areals entschieden hat. Die Bewohner von Manhattan wurden eingeladen, die Entwürfe von sechs Architekturbüros zu begutachten.

Als bester Entwurf wurde von der Bevölkerung der des Architekten Daniel Liebeskind gekürt.

Doch der Masterplan von Liebeskind, der von den Bewohnern von Manhattan als der »Beliebteste« ausgewählt wurde, veränderte sich stark.

Bürgermeister Guiliani ignorierte die Entscheidung der Bürger und hat den Detailplan und damit das Design des höchsten Turms **1WTC** an das in New York ansässige Architektenbüro Skidmore vergeben. Somit wurde der Plan des Architekten David Childs an der größten, prominentesten und lukrativsten Baustelle von New York verwirklicht.

Der Bau einer neuen Subwaystation beginnt und ein Museum, das den 11. September porträtieren soll, ist geplant.

Die footprints der beiden zerstörten Türme sollen in Form von Wasserbecken zu einer Gedenkstätte werden.

Wir können von der Barclay Street den Bau des »Freedom Tower«, wie er jetzt genannt wird, von unseren Fenstern aus verfolgen. Wir sind in einer lauten, hektischen

Nachbarschaft gelandet, wegen des Lärms und Schmutzes der Bautätigkeit, aber auch wegen der Besucher, die das Gebiet um die Baustelle fast den ganzen Tag bevölkern.

Der Ort des größten Attentats in Manhattan ist eine der beliebtesten Touristenattraktion von New York geworden.

»World Trade Center Memorial«

Die Gedenkstätte und das Museum wurden im Mai 2014 eingeweiht und das »One World Trade Center« im November 2014

Nach dem Attentat hatte ich jahrelang vergebens versucht, mich an der zerstörten Skyline von Manhattan zu orientieren. Durch das neu bebaute Gebiet an der Südspitze der Insel hat Manhattan jetzt ein neues Erscheinungsbild bekommen.

Die Südspitze von Manhattan von New Jersey aus betrachtet: Im Jahr 1992 und 21 Jahre später 2023

2010 - Zuversicht

Um acht Uhr morgens ist es für uns noch ein ganz normaler Tag. Ich bleibe wie jeden Morgen am Esstisch sitzen.

Mit einer Tasse Tee in der Hand lese ich Zeitung und beobachte aus dem Wohnzimmerfenster ab und zu den Baufortschritt des World Trade Center.

Um zehn Uhr ist es kein normaler Tag mehr. Beide stehen sie wieder vor mir, überraschend zu dieser ungewöhnlichen Zeit. Vor zwei Stunden erst sind Uli und Jennifer zu ihrer tagtäglichen Routine aufgebrochen, die jetzt, heute nach zehn Uhr nie wieder so sein wird, wie sie einmal war.

Nie wieder.
Etwas ist zu Ende gegangen.
Für immer.
Das wissen beide.

Sie weint. Er berichtet.

Und nun weiß ich es auch.

Ulis zukünftiger Arbeitsplatz wird in München sein. Und damit sind unsere Pläne für die Zukunft, eine kleines Apartment bei unseren Kindern in Manhattan und ein Ferienhaus am Bodensee zu besitzen, zunichte gemacht worden.

Uli in München und ich in Manhattan?
Oder – ?
Eine Entscheidung zu treffen, fällt uns schwer.
Zähe Momente des Nachdenkens beginnen.
Wäre es nicht vernünftiger für mich, an den Bodensee zu ziehen und die Fertigstellung des Hauses zu beaufsichtigen? Dann wären wir beide in Deutschland.

Seine Worte verraten seinen Ärger über das, was an diesem Vormittag geschehen ist.

Seine Augen zeigen seine Enttäuschung, sein ungläubiges Nichtverstehen, sein Nichtwahrhabenwollen und seine Fassungslosigkeit.

Doch das wird nicht lange anhalten. Das weiß ich aus Erfahrung. Dazu ist er zu tatkräftig. Er schaut immer nach vorn. Es wird eine Weile dauern und dann wird sich seine Welt wieder in seinen eigenen selbstbestimmten Bahnen bewegen. Und ich gehe mit ihm mit.

Zuverlässig.
Zuversichtlich.
Das war schon immer so.
Er weiß das –
und ich weiß jetzt,
dass wir Manhattan –
Unexpected
früher als geplant
verlassen werden,
dass am Bodensee
ein neuer Lebensabschnitt
für uns beginnen wird.

Während der Planungs- und Bauphase am Bodensee zogen wir zwei Mal in Manhattan um.

Was wäre gewesen, wenn das Bauen weniger Zeit in Anspruch genommen hätte, wenn wir öfters unsere Präsenz auf der Baustelle gezeigt hätten oder die Planung unkomplizierter gewesen wäre?

Doch diese Überlegungen sind jetzt überflüssig, denn wir packen wieder einmal unsere Koffer. Der Umzugswagen fährt vor und wir geben mit Wehmut im Herzen unser Leben in New York auf.

Abschied

Jeder Umzug bricht mein Herz.
Ein Teil meiner Seele bleibt zurück,
da, wo ich glücklich war.
Freundschaften verblassen.
Auf vertrauten Wegen kann ich nicht mehr gehen.

Fremdes muss ich erkunden
und das neu Gefundene
kann vielleicht
nur bis zum nächsten Umzug bei mir bleiben?

Epilog

Wir sind oft – nicht immer selbstbestimmt – umgezogen. Zur Zeit leben wir wieder in New York. Manche Menschen fragen mich: »Wo lebst du, Chris? In New York? Mit der Familie? Nein! Wie kann man da leben? Niemals könnte ich das!«

Wir haben beschlossen, wir können auch in New York leben mit allen Facetten, die diese Stadt bietet. Wir tauchen in Manhattan ein und nehmen bewusst die vielfältigen Angebote der Metropole wahr und lernen die Welt aus einem anderen Blickwinkel kennen.

Hier haben wir alles, was wir brauchen und viel mehr. Noch nie habe ich an einem Ort gewohnt, wo die Infrastruktur für die Bewohner so ideal ist wie in New York: Die ärztliche Versorgung ist hervorragend. Die Universitäten sind die besten. Supermärkte, Geschäfte, Museen, Ballett, Oper, Theater, Konzert, alles ist vor Ort vertreten und zu Fuß oder mit öffentlichen Verkehrsmitteln erreichbar. Die nächste Bushaltestelle liegt an der Straßenecke, die Subway nur drei Blocks entfernt und Taxis kann man am Straßenrand zu sich heran winken.

Die Menschen, die in New York leben, sind offen, international, tolerant, hilfsbereit, arbeitswütig, höflich, schnell und können auch manchmal richtig bissig werden, wenn andere Menschen die oben genannten Eigenschaften nicht besitzen. Welche Ansprüche will man noch an eine Stadt haben? Ruhe vielleicht? Nein, die New Yorker lieben ihre Stadt so wie sie ist und sie ehren sie einmal im Jahr auf dem Titel eines New Yorker Magazins mit:

»Reasons to love New York«

MANHATTAN - *Unexpected*
ist ein Auszug aus meiner Biografie:

»Die Straßen meines Lebens«.

Ich danke
Christel Friedrich,
ohne sie, zum ersten Mal im Garten der Aphrodite,
hätte ich nicht angefangen zu schreiben,
Michael Stoll
für die Gespräche über meine Texte
und
vor allem meiner Familie,
die mich auf meinen Wegen begleitet.

Ein Online-Kurs sowie die beratende Hilfe von Hendrik
und Stefan ließ einen Wunsch in mir größer werden:
Ich möchte mein Büchlein drucken lassen.

* www.deborahwarner.com/2003-the-angel-project-new-york
**christojeanneclaude.net/artworks/the-gates